严晓丽 我最亲爱的人

詹晨 —— 著

四川人民出版社

图书在版编目（CIP）数据

严晓丽我最亲爱的人/詹晨著．—成都：四川人民出版社，2015.9
ISBN 978-7-220-09620-4

Ⅰ.①严… Ⅱ.①詹… Ⅲ.①中篇小说-小说集-中国-当代 Ⅳ.①I247.5

中国版本图书馆CIP数据核字（2015）第184119号

YAN XIAO LI WO ZUI QIN'AI DE REN
严晓丽我最亲爱的人
詹 晨 著

出 版 人	黄立新
监 制	陌子涵
产品经理	季思聪
责任编辑	陈 欣　叶 驰
营销编辑	周裕昶
装帧设计	Tomiko
内文设计	ㄙ介设计
责任校对	蓝 海
责任印制	王 俊
出版发行	四川人民出版社（成都槐树街2号）
网 址	http://www.scpph.com
E-mail	scrmcbs@sina.com
新浪微博	@四川人民出版社
发行部业务电话	（028）86259624　86259453
防盗版举报电话	（028）86259624
照 排	四川胜翔数码印务设计有限公司
印 刷	成都蜀通印务有限责任公司
成品尺寸	145mm×210mm
印 张	8
字 数	148千
版 次	2016年1月第1版
印 次	2016年1月第1次印刷
书 号	ISBN 978-7-220-09620-4
定 价	35.00元

■版权所有·侵权必究
本书若出现印装质量问题，请与我社发行部联系调换
电话：（028）86259453

目 录 _ CONTENTS

严晓丽　我最亲爱的人 _ 001

053 _ 一个陌生男人的　来信

温柔的　指纹 _ 155

187 _ 偶形　爱人

如今,你住在手机里。
我随时可以看到你的脸、听到你的声音,甚至看你直播自己的生活。

过去,你藏在我心里。
我只敢在最想你的时候,一次次假扮从你家门口路过,期盼能够说一声:"嘿,你好。"

　　　　　严晓丽　我最亲爱的人

1

秋天是北京最好的季节。但是每年秋天都会有那么些日子,我很想死。

这并不是诗词小说里描述的那种文艺情绪。我也并没有什么大起大落的悲壮感慨。我只是单纯觉得:人生好像没什么意义。越是活下去越是感觉到自己的无能为力。所以就这样死掉也没什么可惜。

这样想着,任由一种平静的绝望在心底里肆意蔓延。表面上该说该笑都如常,一点也看不出来。

我知道我可能是患了一种季节性的抑郁症。大概是天气变化影响了我体内的激素平衡。这跟每年秋天如期到来的过敏性鼻炎没有什么区别,是需要治疗的疾病,不文艺、不矫情。

但今年秋天不同于往常的是,我遇到了严晓丽。

那天在微信朋友圈看到一个陌生的头像发了一条文字信息:每到秋天都很想去死啊。

她的名片显示我们是通过漂流瓶认识的,我却一点印象都没有。

但还是忍不住打了招呼:"我也是,每到秋天就很平静地想去死。"

隔了一会儿她回应:"大概我们都有病吧。好日子过得太多。饿个两天什么毛病都好了。"我知道她是学着不理解我们的人在自嘲，于是握着手机真的笑出声来。

她又说："要不我治治你？"

"既然我们都有病，你又凭什么当医生？"

"脑科医生并不会因为得了胃溃疡就失去行医的资格。虽然我们症状一样，但并不代表我们的病因也相同。你也有可能是我的医生。"

我的好奇心被勾起。我还从来没有在微信里遇到过这样有趣的陌生人。从那一天开始，日日不断，我们聊了三个月。

她的微信名叫作"蓝色的鲸"。我问她为什么。她说很久之前看到过一篇文章，上面写了一头孤独的鲸鱼。它发出的赫兹远远高于其他的鲸，所以它唱歌的时候不能被听见，难过的时候也得不到理睬。它从来没有一个朋友。

严晓丽说："我觉得我就是那头鲸。"

三个月的时间，五百年前大概还不够从北京走到上海。但是对于2012年的两个陌生网友来说，分量重得几乎足以缘定今生。

我没有问她要照片，也没有提出要见面。我甚至不知道严晓丽是不是她的真名。事实上，女网友对于我来说只有两个功能：生理发泄或心理治疗。她显然是个好医生，所以我们也就不必用"炮友"的方式相处。

如果说严晓丽是一味药，那我可能慢慢开始对这味药上瘾了。

我发现严晓丽好像变成了我的一个习惯。秋天过去,我却再没有过哪怕一次想要去死。

如果有一个人能让你觉得将就着活下去还是件挺不错的事情,那你多半就是爱上她了。

严晓丽让我有这样的感觉。

很不幸的是,她却忽然消失了。

没有任何先兆提示,她忽然像是人间蒸发了一般,不再回我的信息。

我不知道发生了什么,不断地给她发信息,全都石沉大海。

此时此刻,我才忽然惊恐地意识到,其实严晓丽对于我来说从来都没有真正地存在过。过去的三个月,这个给我慰藉让我迷恋的女人,其实只活在我的脑海里。如果乔布斯长命百岁,也许 Siri 有一天也能这样善解人意。

我请了假,想要静下来把这件事弄清楚。

严晓丽的消失让我心疼、心碎。但是我在乎的不仅仅是她。我觉得自己被丢进了一个分不清真实与虚幻的深渊。我要努力爬出去。

我把三个月以来我跟严晓丽的所有聊天记录都打印了出来。

我的卧室被跟严晓丽有关的纸张堆满。但我并没有因此觉得离她近了分毫。她反而显得愈加神秘了。

但我下定了决心,一定要找到她。

2

我对外称病，没有把这件事告诉任何人。我能猜到朋友的反应，他们一定会哈哈大笑，然后告诉我，我不过是被一个顽皮的少女给耍了。

怀春的中年男人。这是他们会给我贴上的标签。多恶心，多可怕。

严晓丽说，她家在南方海边，在家里大家都说软绵绵的方言。但她普通话说得标准，不带一丁点口音。她说那是因为她从小梦想走遍四方，于是对语文和英语都格外用功。她是这样奇妙的女孩。十二年应试教育，几乎所有人都抵触叛逆，只有她在想象中把学校构建成习武练功的秘密基地，然后徜徉其中。

拿到毕业证书的第二天严晓丽就坐上了北上的火车。同学都敬佩她北漂的勇气。但她却觉得"北漂"这个词太过功利。仿佛来到这个城市一定要受尽千辛万苦然后衣锦回乡，否则一切都没有意义。北京只是严晓丽生命中的某一站。她会经过这里，看一看，走一走，仅此而已。人生的后面，还有太多风景会一一到来，所以没有必要太过兴奋激动，整理好心情仔细欣赏就足够。

严晓丽说 MP3 是这个世界上最伟大的发明。这个世界常常会让人觉得枯燥无聊。但是因为 MP3，我们可以随身携带各种背景音乐。我们从此成为这个世界的主宰，可以任意给世界涂上我们喜欢的情绪。

严晓丽这么奇妙，这么美好。这是我记忆里的严晓丽。

但是重新读一遍我跟严晓丽的聊天记录，她的样子却渐渐有些飘忽，让我无法捉摸。

聊天记录是一种奇怪的文本。我生产了它们，但我从来没有在意过它们。当这些聊天记录成为我解决问题的唯一线索之后，它们忽然开始显得形迹可疑。那些隐藏在感叹词、标点符号背后的深意暧昧地若隐若现，像是一场低调却华丽的化学实验。

严晓丽并不如我想象中那般永远阳光快乐。我不知道我曾经的误解究竟是从何而来。

在她消失的前两天，我们聊天。

她说："你真特别，聊了这么久你也没提要见面。"

我揣测着她话里的意思，是想要见面，还是暗示永不要相见？

我斟酌着说："是因为你太特别，我才不愿意提。"

她说："其实不见面也有不见面的好处吧，我们就永远都是对方心里的那个样子。不会让对方失望，也不会成为对方的麻烦。"

她就是这样，忽然会说一句能让我想很久的话。倒不是这话有多么深刻。只是我忽然想起那些出现在我生命里又很快消失的女孩们。她们各怀着目的：有的只是想要一台新出的iPad；有的想要找个稳定的人安顿下来；有的什么都不缺只是需要男人来给她自信……

　　我从来没有用"麻烦"来形容过这些女孩。人际相处，各怀目的。你情我愿，其实谁也不吃亏。但是我搞不清楚严晓丽的目的。

　　公司例会。我没有回复严晓丽，带着笔记本去开会。等我开完会再看手机，严晓丽又发来了两条信息。

　　"有时候我就是会忽然说一些讨厌又解High的话。哈哈。"

　　时间隔了很久。

　　"能跟你聊天很开心。"

　　很开心——这三个字现在看起来那么悲哀绝望。

　　人真是奇怪又复杂的动物。同样的几个符号，不同的时候能够读出完全相反的意义。

　　我究竟是为什么会觉得严晓丽永远阳光快乐呢？

3

　　以前看到一句话，说梦里走了许多路，醒来还是在床上。而我和严晓丽网上聊了许多天，生活中我却连她住在哪里都不知道。

　　最终只能寄希望于万能的微博。

我试着输入关键字"微信"和严晓丽的网名。一条一条陌生的微博看过去,我终于找到自己想要的。

一个男人讲述了自己在微信上跟严晓丽的故事。底下附上截图,是严晓丽的网名和头像。

男人口中的故事太过耸动视听,让我的大脑在一瞬间完全空白。五分钟之后,我做了一个决定,我要见见这个男人,当面确认那些暧昧不明的人格和细节。

男人在微博上热衷公共事务,关注了许多"公知",一副热血青年的样子。于是我私信告诉他严晓丽是我妹妹,离家出走很久了,一直都没有她的消息,现在好不容易在微博上看到一点蛛丝马迹,希望他能够帮助我。我提出了见面的要求。

男人很戒备。他没有直接拒绝我,但又不愿答应见面,左右推脱。我知道他自己也纠结矛盾。网络毕竟看起来像一面戳不破的保护层,躲在里面可以肆无忌惮地"意淫"着拯救世界。他可以在网上把自己的故事添油加醋地秀出来,但是偏偏不愿在现实生活中多说一个字。

我没有时间为他做心理疏导,于是用了最简单粗暴的方法。我对他说,如果他愿意出来见一面,聊一聊他跟严晓丽的故事,我愿意给他一千块钱作为回报。

这一次,他没有想太久,答应了我。

傍晚天将黑的时候，我们约在三里屯的一家咖啡厅。人不多，我们坐在角落。咖啡厅里的背景音乐恰到好处地缓解了沉默时的尴尬。

男人看起来有点蔫儿。他的行为和他的理想相抵触，这让他矛盾和挣扎。但是我不在乎一个普通青年的愁苦和烦闷。今天的主角是缺席的严晓丽。

他说那一天他在"附近的人"看到严晓丽。

微信对于大部分男人来说都是个复杂而矛盾的东西。一方面希望自己足够幸运交到个贴心女友，另一方面又总想着能约一次是一次。

红白玫瑰之类的纠结是亘古无解的问题。即使是其实毫无选择的"屌丝"也会在心里为其困扰。我理解。

他的性生活一直匮乏，但那晚尤其饥渴。他跟严晓丽打了招呼，严晓丽通过。来往没有几句话，他此刻燃烧着的本能驱使他把聊天朝向猥琐淫秽的方向推进。严晓丽并没有义正词严地激烈斥责，他于是把这当作一种默许。

晚上九点半，他们约出来见面。男人心中早已经把这认定为一场"约炮"。

他们在街心的小花园坐着。有一搭没一搭地聊天。他口中的每个句子都又咸又湿，严晓丽没有媚笑着迎合，但是也没有愤怒地反对。她脸上始终带着一股奇怪的、淡淡的笑。忽然,她转过头来看着他:"你想要我吗?"

一直恬静的女孩忽然说这样的话,男人反而有些不知道该作何反应。

严晓丽甜甜地笑了:"你要我吗?五百块钱一次。"

男人盯着她良久,点了点头。

这并不是男人告诉我的原始版本。他不情愿地把故事一点点吐出来。我旁敲侧击不断发问,最后在心里慢慢拼凑出这张图。

看他手机上的聊天记录。我偷偷把严晓丽的手机号记了下来。

十二月的北京很冷。走出咖啡厅,分道扬镳。他刚刚跟我分享了他最私密的故事,但也许这辈子我跟他再不会有任何交集。

三里屯的热闹并不能缓解空气里刺骨的寒意。冷风吹得我有些呼吸困难。但我沿着街边走。我的大脑在沸腾,于是需要这样的冷、这样的疼。这能让我稍稍冷静下来。

我拨了严晓丽的电话。没有人接。

4

严晓丽,我越来越看不懂你。

在我的世界里,你是所有正面能量的集合,你带有我所向往过的一切美好。但在我所触不到的无边黑夜里,你究竟在过着怎么样的生活?

你缺钱吗?

我又看了一遍我和你的聊天记录。在每一个词句的背面,你都没有透露出分毫穷困的气息。在我的想象里,你是小康家庭出身的女孩,自己又安乐知足。铜臭味从来跟你没有关系。

又或者,他只是你丈量雄性动物的一个对象而已?

那么我呢?我又是什么?

我失眠了。

严晓丽像是一颗复杂、暧昧、难解的怪异果实,哽在我的喉头。难以下咽,也不愿吐去。

深夜,空气凉得几乎要碎裂。我起床,打开电脑,在搜索框输入了严晓丽的电话号码。她的电话永远打不通,我只能再次求助网络。

她不是名人,但仍然有跟这个号码相关的信息。

她曾经在"豆瓣"的某个租房小组留下号码。东边靠近通州的地方，有人出租一个单间。房子不大，但是可爱，严晓丽希望能够租到这间房。

"我刚到北京。单身女生，爱干净，会做饭，没有不良嗜好。我会是一个很不错的室友哟！"

这是她的原话。发帖时间大概在四个月前。比我们认识要早一些。

我给那一帖的楼主发去豆邮。询问那间房是否租给了严晓丽。我仍然说自己是一个绝望的哥哥，在努力抓住任何一点关于妹妹的信息。打诳语，利用陌生人的同情心。我会遭报应，我知道。

那位楼主显然是豆瓣的深度用户，她回复很快。

"谢天谢地！终于有个认识她的人了！她消失快半个月了，我也在找她！可以的话，咱们面谈吧。"

这位叫作小茹的女生留给我她的联系方式。

第二天中午，我们在她公司附近的小餐馆见面。她一边快速吃着午饭一边跟我说话。阳光很灿烂，女孩很活泼。几乎不需要我发问，她叽叽喳喳地连自己的职业经历、生活苦恼也几乎和盘托出。

在小茹的描述里，严晓丽是一个安静得几乎有些孤僻的人。

"她不大说话，"小茹这样说，"这也是当初为什么我决定和她合租。我太闹太疯了。跟她在一起的话，我想我们俩还能平衡一下。"

小茹其实并不太清楚严晓丽究竟在做什么工作。她每天白天都会背着一个大包出门，晚上回来。不是朝九晚五，没有固定时间。她从来不聊任何八卦，工作的家庭的都没有。她仿佛不食人间烟火，从无名处来，往无名处去，就这么孑然一身，根本没有任何家人朋友。

"她……她也没什么夜生活？从来不在外面过夜？"我刻意这样问。

"绝对没有！"小茹给我打包票。她想想，口气又松动，"她常常很晚回来，但是很少在外面过夜。我印象里几乎没有。"

"你们住在一起这么久，就一直这么平静？什么交流也没有过？"我尽量用好奇掩盖住失望。

小茹有些犹豫："也不能说完全没有。你知道，我跟她是在豆瓣认识的。所以我自然也会关注一下她的豆瓣主页。她的主页上信息少得可怜。但是我发现她对南锣鼓巷那边的一家小酒吧持续关注。只要是那家酒吧的活动她一定参加。我这个人爱玩，也爱闹一闹朋友。所以有一次那家酒吧搞活动，我就跑过去了。我本来以为可以拉近一下距离，但是没想到她看到我以后特别吃惊，招呼也没跟我打一声，拿起包包就走了。"

她看着我，脸上带着些自嘲："那时候我想，也许人家根本没把我当朋友吧！我也就不再自作多情。从那以后跟她就只是礼貌上的来往了。"

我跟她都陷入了沉默。

我原本只是想要找到严晓丽，问问她为什么消失，告诉她她对我有多重要。但是这个旅程朝向完全不可预计的方向走去，严晓丽越来越神秘。小茹口中的她，又是另一张陌生的脸。

我打算结束这场会谈。下一站是南锣鼓巷的那间酒吧。但小茹叫住了我，她有话要说。

"那个，你是严晓丽的哥哥吧？我现在联系不到她，这边又该交房租了……你看……"

"哦，交多少？我先帮她垫上吧。我理解，你也为难。"

"不是不是。"小茹连忙摇头，"其实晓丽这个人也挺好的，我挺愿意跟她做室友的。但是现在她忽然玩消失，你又说她是离家出走，以后她是不是留在北京也说不定。我一个公司小职员，还是希望能够找个安稳点的室友。这样也不用老出来重新找人。大家都怕麻烦不是？"小茹满脸堆着笑，生怕她的话让我有什么不满。

"我明白了。那我这两天去帮她把东西都搬走，免得你为难。"

小茹如释重负。

走到餐馆门口她笑着说："保持联系哦！"

我明白她是提醒我不要忘记搬走严晓丽的东西。我也对她笑笑。

5

避开了晚间热门的时段,我选择在太阳刚刚落山的时候去拜访这间酒吧。老板娘很客气。听明白我的来意,她朝酒吧昏暗的角落努了努嘴说:"你去问他吧,这里没有人比他更了解你妹妹了。"我朝她指明的方向看过去,一个打扮"嬉皮"的年轻男人叼着烟调试吉他。

我跟他礼貌地打招呼。他听说我是为了严晓丽而来,脸上露出嘲弄的冷笑。

"她是个疯子。"这是他对严晓丽的评价。

我听完竟也笑了。加上我,这是属于四个人的,四个版本的严晓丽。但我还是追问下去,这几乎已经成为我的习惯。

这个三流吉他手是我理解中的"职业北漂"。从来不努力生活,在自己的城市过得味同嚼蜡,于是幻想着北京能够改变他的人生。他满嘴都是梦想和未来,但却永远窝在这个昏暗的角落,没想过走出去,踏出第一步。他骨子里懦弱而自卑,于是选择了这个看似炫目的职业想要掩盖住自己的苍白。

他们第一次见面是严晓丽来看演出。她随着人群一起兴奋地跳闹。之后她买最便宜的啤酒喝。一瓶接着一瓶。吉他手上前搭讪。老实说,严晓丽长得挺好看。而看到一个挺好看的女孩在酒吧猛灌自己酒，对于大部分男人来说，简直就跟中了头彩一样。

严晓丽蓬松的醉眼让吉他手的心有那么一瞬间的柔软。他上前去跟严晓丽搭讪。他注视着这个陌生的女孩儿。她仅仅是好看，没有艳丽到让人侧目。她看起来心情不好，但是没有一丝攻击性。严晓丽让吉他手感觉安全。于是他惬意地坐在严晓丽身边，与她攀谈。

夜晚永远让人蠢蠢欲动。吉他手很想跟严晓丽上床，但这事儿不能太明目张胆。他能在北京不为生活发愁奔波，能用他毫无希望的音乐梦想来打发时间，很大程度上是因为老板娘。他跟风韵犹存的老板娘之间或明或暗的关系多少有些彼此利用、彼此满足的意思。

老板娘其实并不在乎他睡了哪个年轻姑娘。她是经历过世事的女人，她明白男人是拴不住的动物。而无论吉他手怎么在外肆虐疯狂，他始终会回到她的身边。他离不开她。

吉他手也明白这一点。但是他懦弱，他伪善。他心里躁动地想着另一件事，但仍旧做出一副知心大哥的样子。他在演给自己看：我只是想要帮帮这个可怜的姑娘。

于是那一夜，吉他手带着严晓丽走遍了北京的大街小巷。严晓丽那时对北京还陌生。他们从南锣鼓巷一直走到方家胡同。这是严晓丽想象中的北京。古老、厚重，仿佛每一寸土地都能与历史和伟大联系起来。

他们在无人的街角接吻。整个城市似乎都为了他们安静下来。

"那时候我根本没想到她是个疯子。"吉他手带着嘲讽的笑容，"别人都是喝醉了才发疯，只有她完全相反。"

吉他手的关怀和礼貌让严晓丽倾心。初来乍到进入一个陌生的城市，的确是更容易沦陷。严晓丽于是自那以后每一天都去酒吧。每晚只点一小杯饮料，坐一晚上，只为了看吉他手。清醒之后的严晓丽明白自己对于吉他手来说是个困扰负担。他从来没有当真过。但她仍旧每天出现。甚至连老板娘都打趣说严晓丽每天来得比任何服务员都准时，其实可以考虑考虑换个工作。

吉他手终于难以忍受严晓丽沉默的骚扰。他爆发的那一天刚刚好在下大雨。严晓丽默默听完他的话，完全不愿接受，拉起他的胳膊就往外拽，要他跟她走。吉他手不知道为什么一个看起来柔弱的女孩会有这么大的力气。

他们在大雨中厮打。严晓丽像一头疯狂的野兽。她狠狠呼他巴掌，扯他嘴巴。他还击，她就下手更狠。在雨水的冲刷之下，他仍旧不断地流血。她狠狠地瞪着他，仿佛她过往所有的宁静都是在蓄积能量，只为了这一晚。

他被她的凶狠吓呆，直到严晓丽在他脸上吐一口唾沫，然后狂笑着跑走，他才木然地回到酒吧。

之后严晓丽还是来，还是要一小杯饮料坐一整个晚上。但是他怕她了。

她看着他畏惧的眼神，常常会在众目睽睽之下就"哈哈哈哈哈"狂笑出声，然后满意地离去。

"她是个疯子。"吉他手不断地重复着这句话，带着点惧怕，带着点怨恨。

老板娘始终用一双似笑非笑的眼睛看着我们。吉他手是宠物，我是过客，在她眼里都不过像是摆家家酒的小孩子吧？我谢过她，夸她家调的酒好喝。告辞离去。

夜灯初上的后海娱乐圈，热闹而鲜活。在这里能看到各式各样的潮人、老外、游客。我在湖边逡巡。我好想笑。我像个傻子。我几乎觉得跟我聊天的人们，他们认识的是完全不同的严晓丽。

在这个个性模糊的年代，人人手持一模一样的 iPhone。重名的人，当然也可能很多。

6

我去小茹那里收拾严晓丽的东西。

她的房间很小，东西自然也少。我看着这间收拾得整整齐齐的屋子，想象着曾经住在这里的严晓丽会是怎样一个女孩。

小茹虽然表面上客客气气的,但是我理解她巴不得我立马拿走严晓丽的东西,从此跟这个古怪的女孩再没有任何瓜葛。这并不是适合缅怀幻想的好时机好地点。我像一个负责搬运的机器人,快速打包,说声"谢谢,再见",开车回家。

我坐在阳台上,十二月,阳光都显得冰凉。我打开纸箱,一件一件地检视严晓丽的东西。

东西很少。她没有准备在这个城市长住。

她的被褥有淡淡的香味。几件简单的应季衣物。几十本书。用过的没用过的笔记本。护肤品。隐形眼镜护理液。香水。稀奇古怪的小玩意儿。刚刚好装满两个纸箱。

没有相机没有电脑。看起来严晓丽并不是突然消失的。她带走了一些东西,留下了一些东西,不知道是否还准备回来。

我是被留下的那个。

我打开香水瓶盖,用鼻尖想象严晓丽的味道。不是我熟悉的任何一个牌子的香水。看看标签,是从那什么"气味图书馆"买来的古怪香水。香型是:冬天。

我在心底笑自己。我把她当作阳光、当作救赎。可究竟,现实中她是个浑身散发冬天味道的姑娘啊。

严晓丽看的书很杂。北野武的传记。阿加莎的小说。欧洲通史。稀奇古怪的日本诗集。乙一的小说。几本《航海王》(曾译名:《海贼王》）的盗版漫画。一整套《哈利·波特》。如果仅仅凭这些书来判断书的主人是什么样子，严晓丽在我心中大概又会长出第五张脸。

《哈利·波特》一共七本。翻得起了毛边儿。我翻开最后一本，《哈利·波特与死亡圣器》。很容易就翻到那一页。因为那一页皱得不成样子了，满满的全是泪痕。在那一页，小精灵多比死在了马尔福家，哈利亲手埋了多比。

不知道为什么，我忽然就冒起一股无名火，狠狠地把书丢到角落。这到底算是什么意思？严晓丽，你究竟是个什么样的人？

你感性单纯得能为一个虚构的人物流满纸泪水，你也可以在雨夜将一个健壮的男人打到满脸是血。你在租来的屋子里娴静无语、默默读诗，你也在燥热的夜晚出售自己的身体。我狠狠一脚将纸箱踢破，疯狂地用严晓丽的东西出气。从阳台到卧室，乱作一团。

我也不知道自己究竟在气什么。只觉得心口有一团眼泪，纠结、灼热。这团眼泪凝固在心头，不肯浮上来，不肯流出去。于是就那么盘亘在我的身体里，仿佛要教我永生永世都不得超生。

也许只是猛然间意识到自己的渺小和无力吧？无论是命运还是他人，都远远不在我所能控制的范畴之内。无论我多么努力多么发奋，无论走到怎样的高位，有些人有些事永远都游离在我的力量之外。

严晓丽的笔记本在我脚边散开。稚嫩的钢笔字，沾上了我的脚印。我慢慢平静下来，捡起笔记本翻开看。纸头已经发黄，笔迹也有些淡了。我一页一页地翻过去，胸口的那团眼泪被发酵得愈加酸涩。

那是严晓丽跟一个叫作林静的女孩之间绵延好几年的对话。从初中到高中。

在网络还没有那么发达的年代，我能想象这样的故事。女孩之间绵密而暧昧的情感。她们在课堂上背着老师偷偷地写下自己最近的生活、心情。然后在下课间、放学后，默默把这个本子递给对方。

"丽，我现在才知道人有多可怕。你知道三班的李楚瑶吗？昨天化学月考，大家都来得早，想在考场再复习一下。李楚瑶也在我们考场。好端端地，就有好几个男生跑到她面前冲她吐口水。他们故意特别大声地嘲笑她、捉弄她、羞辱她。那么多人看着，她就那么坐着，面无表情。我不知道那时候她心里在想什么。考场里窃窃私语说，她是个烂女人，跟学校里好多混混都睡过。以前也听说过她的事情，但是那时候我觉得她真可怜。我也觉得她烂，但是我就觉得她好可怜。大家都是同学，但是为什么他们会这么可怕？是不是其实每个人都是这样的？"

"静，我不知道怎么回答你。因为我也没有答案。我有的时候觉得人是这个世界上最坏的动物。除了人以外，所有的杀戮都只是为了生存而已。你觉得那些男生很可怕吗？我觉得他们也很可怜。如果李楚瑶愿意跟他们上床，大概他们甚至愿意把自己的心掏出来给她。但是你不要怕，不管你做什么，我都不会离开你。不管你做什么，你都不要怕。我们在一起，我会保护你。"

"丽，我知道你会永远在我身边。有的时候晚上一想到这个我就觉得能够安心睡觉了。我只是害怕，如果有一天我们都长大了，是不是还能这样做好朋友？成年人的世界更复杂，有一天我们会不会变成他们那样的人？"

"静，我们永远都是我们这样的人。如果你这么担心，那我们就一起约定，不要长大。"

……

我很难想象这样的对话能够持续好几年。

严晓丽没有带走她这一本青春的坐标。我猜测她和林静之间一定发生了什么。放下笔记本，我尘封了许久的青春忽然间也扑面而来。

时近傍晚，我站在阳台上看着北京的夕阳，咀嚼着残存的记忆。我猛然间惊醒，那股热血蠢动的冲劲、那种歃血为盟的豪情、那些走过的夜、那些喝干的酒、那些许下的愿，都已经那么陌生、那么模糊。

我已经老了吗？

我这样问自己。

7

开始寻找严晓丽的时候我绝对想不到有一天我会因此而去派出所"喝茶"。

公司的同事打电话来,神秘兮兮地问我最近是不是犯了什么事,不然怎么会有警察专门找到公司里来。电话里我搪塞过去。心里隐隐觉得这件事大概跟严晓丽有关。

上午接到电话,中午警察就找到家里来了。他们很客气,说是想要向我了解了解情况。

我的直觉果然没错。他们问了一大堆跟严晓丽有关的问题之后,告诉我他们要带走严晓丽留下的东西,并且希望我能够去一趟派出所,协助他们调查。

后来我才知道这一切的原委。

严晓丽消失得太彻底。他的父亲跑到北京来也没能找到她。他于是报了警。通过跟严晓丽合租的小茹,警察顺藤摸瓜找到了我这个冒充严晓丽哥哥的男人。

我明白我的解释其实苍白无力。这不符合正常人的行为。一个正常人，如果他的网友消失了，他会去再找一个新的。一想到即将要见到严晓丽的父亲，我不由得苦笑。他无论对我做出什么反应我都是可以理解的。

来到派出所，一个中年男人笔直地站在门口。旁边有小警察劝他，他完全不理不睬。我下了车，他直勾勾地看着我。那双眼睛像是要把我吃掉。但是我只觉得悲哀难过。他的那张脸是死的。

做笔录的办公室。两个警察轮流着把那几个问题换着法子翻来覆去问了我很多遍。末了，我问能不能跟严晓丽的父亲聊聊天。两个警察略微犹豫，最终还是决定在我们之间做一次调停。

同一间办公室，警察耐心地跟严父解释我跟严晓丽之间的关系。他一言不发地听着，时不时看我一眼。故事并不复杂，只是掺杂着各种细微暧昧的情绪，讲述的时间被无限拖长。严父自始至终都没有说一句话。

走出办公室，我邀他一起晚饭。

严父看着我，答应了。他不愿意显得畏惧我，同时他也希望能够在我身上套出更多关于严晓丽的消息。无论我是不是坏人。

两杯白酒，暖身、暖心。他慢慢显得自在了。

严晓丽的父亲叫严俊，曾经是一个军人，转业以后去政府机关工作。并不是很富裕的家庭，但足够让一家人衣食无忧。看着严俊，我想象不到他怎么会有严晓丽这样一个女儿。

"你觉得她为什么会不辞而别呢?"我若有所思地问道。

但没想到这句话却击垮了他最后一道情绪防线。这个依旧如军人般硬朗的男人在众目睽睽之下哭出声来。

严晓丽从来都不是一个让人省心的女儿。对于严俊来说,他想要控制她、拥有她。而她尖锐、怪异、带着些神经质的攻击性。她的一整个青春期对于他来说都是甜蜜的灾难。

"我只是为了她好……我做什么都是为了她好……我不想让她受苦……不想让她被人欺负……"严俊这样喃喃说道。

他很早就为女儿安排好了一切,她的升学、她的工作、她的家庭、她的将来。他潜意识里早已经假定她是四体不勤的残障人,然后费心地为她打点好一切。女儿不理解他。他也不理解为什么。

严俊声色颤抖地告诉我严晓丽是多么可爱、多么优秀。我默默听着,跟自己打赌他绝对没有对女儿说过这样的话。夜色深了。严俊喝得不省人事。我理解他。我把他带回我家安顿好。至少今夜他可以睡个好觉。

天空黑暗而广袤。我睡不着。

这真是一件很奇怪的事。我们往往更容易宽容、理解、赞美陌生人。对自己的至亲则百般苛责。我们究竟是怎么样一种动物?

听着卧室里的微微鼾声,我想起了自己的父母。

我有多久没回家了呢？一年？两年？

8

酒醒之后的严俊自责而难堪。他十分想做些什么来补偿我，或者说，来让他自己看起来没那么狼狈。但他又实在找不到什么可以做的。于是境况显得愈加尴尬。

我尊重他。我宽慰他。我再一次对他讲述我跟严晓丽的故事。

把重点再一次聚焦到女儿身上，严俊显然自在了许多。

我当然省去了许多一个父亲不必要知道的细节。但我想我的诚恳得到了他的认同。我于是告诉他，我想去严晓丽的故乡看一看，希望他能够给予帮助。

这样的要求对于一个正统而严肃的父亲来说，无疑是怪异至极的。在他眼里，我始终只是一个从未跟严晓丽见过面的陌生人，我绝没有资格登堂入室侵入他们隐秘而神圣的故乡。但他无法开口对我说不。

"其实最开始我只是把严晓丽当作一个很知心的朋友。就像你说的，她聪明、可爱、优秀。我尊重她，所以也一直没有提出跟她见面。

在她失踪了以后，我做那么多努力，只希望能够找到她，只希望她平安无事。现在有警察和你介入，我相信一定很快就能找到她的。我在这中间起不到多大的作用了。但我还是把她当成我最知心的朋友。北京这样的城市，每个异乡人都或多或少会有说不清的迷失。严晓丽帮助了我。所以，作为一个朋友，我也希望能够更了解她一些，我想知道她为什么会选择消失。"

我用了"选择"这个词。

我已经倾向于认定严晓丽的消失是她做出的一个决定。

她的生命力这样旺盛勇猛，没有外力可以这样凭空将她抹去。

严俊沉默了很久。很久。

然后他点了点头。

我执意坚持让严俊住在我家。然后买了最近一班飞机南下。

9

下了飞机，又坐火车。我到达这个小城市的时候，是清晨。

中国的小城市其实大都面目相似。一条繁华的主街，逛街或者休闲都是这里。有个叫人民公园的地方，小学以后几乎就再没去过。

动物园早就破败了，也不知道里面是不是真的还有动物。许多同学在开发区买了房子，那里街道干净，空气清新，略微冷清。

但这里仍旧给我别样的感觉。不仅仅是因为严晓丽曾经在这里居住。滨海的小城都有一种暧昧的气质。安静而又澎湃。

严晓丽的妈妈是一个温柔而平凡的女人。她说已经给我找好了酒店，定好了房间。我明白，严俊始终觉得在北京受到我的照顾，亏欠了我。他想方设法要还回来。

我在严晓丽的房间短暂地驻留。这并不是一个富贵的家庭。她的卧室并不完全属于她，同时也存放着许多家中的杂物。但也因此反而透出鲜活的生气来。仿佛她随时都会打开门进来，然后惊讶地质问我："你是谁？"

这是一间没有性别、没有个性的卧室。我相信严晓丽对这个家并没有归属感。这是一个她存活过的空间。在这里，她必须收紧她所有的羽翼和锋芒。

一个小心翼翼的灵魂。

我走出严晓丽的家，觉得整个人慢慢得以重新舒展开。

严母并不知道女儿有个密友叫作林静。但是她帮我打电话给严晓丽的高中班主任，几番辗转，我拿到了林静的电话。

谢过严母。告辞的时候，我顺手抄了一份班主任的联系方式。

严晓丽的父母刻意帮我找了小城里最好的酒店。开窗见海。我在酒店房间给严晓丽此生最好的朋友打电话。

这通电话让我有一丝十分微妙的感觉。我跟林静隔着严晓丽产生了这样细密的联系。一个亲切的陌生人。

不确定林静的性格和处事方式，于是我打算单刀直入。

电话里林静的声音畏缩、试探、戒备。她大概从没有真正离开过这个小城，于是这个小城得以肆无忌惮地雕琢她。

她静静地听着我讲述严晓丽的故事。

"我不知道她去了哪里。也不可能知道。我跟她早就已经不是你想象的那种好朋友了。"她的呼吸有些粗重，"也请你不要再打电话来了。我帮不了你。"

她挂了电话。

我再打去的时候已经关机。

严晓丽的那本青春笔记，她带去了北京，但却没有带走。我想我大概知道了为什么。

我在窗前站了一会儿。大海恢宏而宁静，人世间的翻涌不过是一波苦涩的海浪，再怎么勇猛悲戚，最终也都会被这恢宏吞噬，归于宁静。所谓尘归尘，土归土。

我给严晓丽曾经的班主任打电话。这则耸动视听的八卦新闻显然点燃了小城女教师麻木的心。她的声音兴奋而尖利，忙不迭地下结论，说自己早就看出来严晓丽这个孩子有问题云云。

我礼貌地邀请她出来一起吃午饭。

10

这是小城最好的酒店。我把午餐定在一楼餐厅。我猜这顿午饭应该能让宋老师满意。

她穿着夸张的大衣,走起路来肩上的毛领子一步三颤,引得众人侧目。我跟宋老师打招呼,她冲我笑,化过妆的脸皱在一起,说不上能不能称之为难看。

吃自助餐,宋老师扒拉了一堆东西摆在面前,这才开始一边嚼着食物一边对我诉说她记忆里的严晓丽。

"她从小就跟别人不太一样。我早就觉得她心理有问题。"宋老师言之凿凿地说。

在这位中年女教师的记忆里,严晓丽是那种一想起就皱眉头的、不让人愉快的女生。她并不是那种标准的混混型女生。那种女生往往懂得怎样讨好、控制老师,不会让老师成为自己太大的麻烦。

但严晓丽不。她不打架,没有谈恋爱,不留过火的发型,不涂指甲油。她成绩不差。但是她太过坚硬、太过倔强。

中学生是最敏感的一群人。他们早早就嗅出严晓丽是跟他们不同的生物。这就是她的罪名，是足以被钉在十字架上狠狠烧死的罪名。

期末考前，大复习。严晓丽早早到了学校，她看着穿着统一制服的汹涌人潮，觉得这一切有些可笑。她没有按点走进教室乖乖早读，她走进操场，爬上主席台，坐在最高处，荡着脚呼吸新鲜空气。她在这个压抑了许多年的地方享受片刻虚幻的自由。

上课铃打响，整个学校静下来。中学校园总是会散发出一股奇怪的、混杂的气质。肃穆和青春，拘束与自由，聒噪同恬静。

严晓丽从操场的草坪上慢慢走过。有匆匆经过的老师用狐疑的眼光看她。

刚刚还人来人往的路上，现在只剩她一个人。分寸之间，大有不同。严晓丽慢慢地品味每一步之间的自由。

敲门进教室。整间屋子里的人都盯着她。历史老师问："你怎么了？怎么现在才来？"其实老师想要的，只是一个"我生病了"或者"家里出了点事儿"之类体面的理由，然后就会放她回座。但严晓丽直视着历史老师说："我心情不太好，出去散了散步。"在她心里，这是正当理由，不需要说谎。

这个回答被历史老师视为挑衅。她眯起眼睛瞪着这个女生，揣测着她这个怪异的回答里究竟有几分攻击性。严晓丽扬起脸看她。

教室里爆发出一阵窸窸窣窣的笑声。老师被这笑声激怒。颜面的问题让她不能不严肃处理这件事。她的脸涨红，揪着严晓丽去了班主任办公室。

严晓丽被罚顶着一摞书贴墙站在走廊。一整个上午。

许多经历时觉得羞辱、委屈、困苦的事情，回想时也不过化作一抹冷漠淡然的笑。

一切都会过去。这是最宽慰，也是最痛心的事实。

我原本接触到的严晓丽，都不过是隐射在他人心底的幻象。面前的这位宋老师，虽然未必对严晓丽怀有善意，但至少她记忆里关于严晓丽的往事，些微地引出了关于真相的蛛丝马迹。

我记忆里的严晓丽，像一束不知来自何处的柔软阳光。我以为她的善解人意来自于知识和教养。所以在北京听说到的严晓丽让我困惑。我认定她是那种能够让所有人觉得如沐春风的女孩。或者说，在潜意识里，这些年的世事纷繁让我觉得疲惫，我理想中追寻的是她这样的女孩。

直到现在我才确定，她并不是在所有人眼中都这么温暖动人。她并不是对所有人都这样善解人意，只是我。

因为她就是我。她是我素未谋面的、另一个我。

我挣扎着，还是想起了少年时的自己。

小时候男生中间流行穿一种叫"大波纹"的球鞋。家里条件并不好，我没有资格哭喊着要母亲花钱供我追逐潮流。

体育课，自由活动。女生三五成群地聊天，男生踢足球。他们跳跃着呼喝，兴奋地问谁要跟自己一队。我凑上前去，想要加入。男生们看了看我脚上的手工布鞋，脸上露出戏谑的神色。

"你去他们那一队吧。"他们是这样搪塞的。我于是傻乎乎地跑到球场对面，问："我能跟你们一起踢球吗？"

这一队的队长依旧是那样看着我。他没有嘲弄我，也没有笑。他只是从头到脚打量我一遍，然后露出为难的神色，小心翼翼地说："这次已经人满了，要不下次？"

我很久以后才想明白，如果这是一场足球赛，我大概只是被踢来踢去的那只球。

我再也没有上过体育课。成绩好，佯装病，借口要多用功复习。连班主任都亲自帮我去跟体育老师说情。

我说不上是不是享受这样的特殊待遇。但我能够明显感觉到，我渐渐被孤立。我身边像是有着一扇万夫莫近的屏障，把所有人都隔绝开来。

但我并没有放弃体育。我很清楚成绩好只能让老师在各个层面对我网开一面，并不能保证我在学校内外都平安无事。我要变得更强、更强。

每晚天黑之后，我悄悄翻进学校操场。跑到大汗淋漓气喘吁吁，跑到筋疲力尽瘫倒在地。望一望天上的星星，然后再默默地走回去。

跑步是一项孤独的运动。

11

宋老师在叫着我的名字。我回过神来，对她说声抱歉。往事像一个旋涡，轻易就将人深深吸进去。

她又絮絮叨叨地说了许多关于严晓丽的事情。我一一记在心头。

"我早就说过她心理有问题。现在可不是出事了。"她再一次这样重复道。

"您还记得林静吗？听说以前是严晓丽最好的朋友。"

我的问题让宋老师显得有些尴尬，她一瞬间变得有些结巴。后来我才知道，这是因为这个"严晓丽曾经最好的朋友"现在是她的同事。

林静比严晓丽早毕业一年。家里托了关系让她回到母校，做了一名美术老师。

这个事实让我愣住。我不知道对于严晓丽来说，现在的林静算是什么。两个女孩儿之间曾经缠绵交错的氛围，会因为她们之间的距离慢慢消散甚至敌对吗？

我请宋老师帮忙介绍林静给我认识，但宋老师的脸更为难了。原本她对严晓丽的品头论足都是站在一个陌生人的立场上毫无负担、责任地进行着。如今我忽然提醒她林静的存在，像是一盆冷水泼在她头上，让她瞬间清醒、局促、恐惧起来。

她匆匆咽下嘴里的食物，找借口告辞。

我并没有阻拦她。汹涌的回忆铺天盖地而来。我忽然间似乎隐隐明白了这次寻找的意义。

我冒充学生家长，找到林静的办公室。

"林老师，有人找！"领我来的老师冲办公室里喊一声。

林静满脸狐疑地看着我："请问你是……"

我不自然地笑笑："我给你打过电话的，我想来找你聊聊严晓丽的事情。"

听到这个名字，林静的瞳孔猛地收缩，脸部肌肉微微抽动。她深吸一口气，让自己平静下来，然后说："真的对不起，这件事我帮不到你。也请你不要再来骚扰我了，否则我会报警的。"

林静转身回了办公室，我跑去操场。我爬上主席台，坐在最高处，荡着双脚，看着在上体育课的孩子们。

在北京的严晓丽隔着一部手机体味了我的人生片段。现在，我试着，做一瞬间的她。

这是某种演给自己看的心理补偿吗？我不知道。

我在学校周围晃悠。吃了一碗面，买了一份刨冰。也只有这样生机勃勃的少年们，才会在这样冷飕飕的冬天龇着牙吃冰。

我站在学校门口。等待。

放学的人潮很快淹没了我。但是我睁大眼睛，努力找寻着林静的身影。她先看到我。她的惊慌失措帮助我找到了她。我跟在她身后，寸步不离。

我知道我这样是卑鄙而无耻的。林静显然对严晓丽的存在讳莫如深。我没有资格这样强行介入她的生活，强迫她回忆令她不快的事情。但道德楷模这种事，留给别人吧。我不怕下地狱。

我的存在让林静局促不安。她时不时回头看我。我有些不忍，但仍不让步。

终于，她回过头来，一双眼睛通红。她问："你究竟是她的什么人？你究竟要怎么样才能放过我？"

"我只想跟你聊聊严晓丽的过去。"

林静皱起眉头，紧紧闭上双眼。终于，她点了点头。

晚餐。聊天。这一顿饭吃得足够长。菜早都凉了。大堂里人来人往，最终只剩我们这一桌。期间林静接了两次电话。

"是我未婚夫。我们过几天就要结婚了。"她说。她不看我。

之后没有多久，林静的未婚夫骑着摩托车来接她。那是个普通而壮实的男人,比林静高出一个头。看起来像是同一个学校的体育老师。

我看着林静的背影,伫立良久。

我知道,这将是我最后一次见到她。

12

严晓丽是毁灭性的。但她也给过我这辈子最强大的安全感。林静这样说。中学时候,成绩好有时会成为一种罪。被喜欢也是。

大家敬畏的是拥有势力的各色男女混混。在那样动荡不堪的青春里若能被他们保护,似乎就能够过得安心一点,松一口气活过来。

似乎是因为被哪个男生喜欢上了,林静成了靶子。先是课堂上递来的威胁小纸条。然后是课间教室门口冷冰冰的"林静你出来一下"。

那天放学严晓丽牵着林静的手。她说:"你别怕。我不会让她们动你的。"

跟在身后的女混混们伺机将她们围住。仿若是一个残酷至极的舞台,而严晓丽是毫不畏惧的表演者。她这样勇猛、激烈、奋不顾身地"搏杀"。混混们以众对寡,但也被严晓丽的凶狠吓住。她仿佛毫不在意自己的身体,那只是她的武器,用来进攻、进攻、进攻。

"我看你们谁敢动她一下!"严晓丽这样说。

那以后,滋扰都慢慢消退下来。

校运会。严晓丽的名字被恶作剧式地报了上去。项目是所有女生都恐惧的四千米长跑。直到班主任在班会课上帮参赛选手鼓劲加油,严晓丽才知道自己参加了这次校运会。看着角落那几个窃笑的女生,严晓丽收起了澄清的打算。

那天起,下了晚自习,严晓丽和林静并不立即回家。林静守着严晓丽,偷偷在夜幕笼罩的操场上练习长跑。

无奈时间太紧张,比赛来得太快。校运会上,严晓丽咬着牙拼了命跑完了全程。坐在看台上,远远地只能看到选手们小小的身影。但严晓丽那股拼死的冲劲蔓延在比赛场中,让林静满脸都是泪水。

冲过终点的时候,严晓丽脸色煞白瘫倒在地。运动会之后她休息了两天。但无论如何,她拿了第一名。

往昔的回忆让林静觉得痛苦。她匆匆结束了我们之间的谈话。她说,没有明确的时间,但她就是慢慢地开始害怕严晓丽。她的生命力是熊熊烈火,林静很害怕自己会被烧成灰烬。

饭桌上,已经成为老师,并且即将结婚的林静这样说:"我本来就是普普通通的人,也没有什么远大的志向。只想按部就班安稳稳过完这辈子。生命有什么意义，人为什么活着，这样的问题，跟我没有关系。"

13

林静并没有明说为什么跟严晓丽之间的往事会让她痛苦。但是我坐在酒店的沙发上，回想起林静那双欲言又止、矛盾万分的眼睛，忽然间什么都明白了。

人世间的故事翻来覆去也不过就那些情节。别人身上的痛苦，大抵你我的生命中都曾经出现过。

我也曾经有过这样一个好友。对于我来说，这段友谊几乎带着宗教般的救赎感。

我们曾经约定毕业以后一起去北京闯出一片天。后来，慢慢地也就没有后来了。在北京待了半年之后，他决定回家考公务员。他说："出来了之后，看到世界这么大，才发现自己有多渺小。曾经我以为这个世界是属于我的，即使现在不是，只要我发奋努力也总有一天会属于我。后来才知道，北京那么大，满眼看到的繁华和机遇从来都不是、也永远都不会是我的。"

我继续在广告公司做一个微不足道的文案。曾经跟他一起合租的卧室现在需要跟陌生人共享。

他结婚那年，我回家乡去参加他的婚礼。

我猜测，他群发短信给我的时候其实心里是期望我不要大动干戈跑回去的。在婚礼上我们见面，果然如想象中一样尴尬。两人说着公式般的客套话，敬了几杯酒，开了几句玩笑。婚礼就这样结束。

我没有待到婚礼结束。也没有跟他们一起热切地在夜色里大闹洞房。我回到中学时的那个操场。那个我为了变得更强每天晚上拼命跑步的操场。我遇到他也是在那里。我们都在夜深人静的操场上干着自己觉得羞于启齿的事情。

我是在拼命跑步。

他在偷偷摸摸练吉他。他弹得七零八落不成曲调，所以努力的样子就显得愈发好笑。

在我所生长的那个小城市，每个月坚持买一本《当代歌坛》已经算是热爱音乐了。像他这样真的买了吉他来上手练习的，实在可以算是跟我一样的怪胎。

我们都生长在彼此的青春岁月里，永远都不可能被割裂。可是，是从什么时候开始，我们之间的气氛变得这样怪异而尴尬了呢？

再怎么努力回忆我也说不清楚。

不知道是因为婚礼上包的红包实在够大还是因为他也像我一样

因为往昔而连夜失眠。我离开的时候他专程来送我。小城市的火车站,连那种汹涌流动的别离伤感都淡得可怜。我们坐在火车站附近山寨肯德基的快餐店里,客气地寒暄着。

"你知道吗,曾经有一段时间,我很恨你。"他低着头,忽然说。

我有些讶异,努力回想,自己是否做过什么事情足以配得上"恨"这么沉重的字眼。

又沉默了一会儿,他像是忽然释然了:"那时候,我们都在北京挣扎。我没坚持下去。当初吹牛说要在一个全中国都知道的乐队里面当吉他手。后来才发现,我那点破技术破天分,苦练一辈子也没戏。"他自嘲地笑笑,"后来你留在北京,时不时就给我打电话,聊聊你最近有什么顺心或者不顺心的事情。说实话,那时候每次看到你打来电话,我都很烦,不想接。你是坚持下来留在北京的人。无论你是顺遂还是困难,在你前面始终都还有一份希望在。而我,从我离开的那一刻开始,就注定了我的人生大概只能是这样了。听你诉说着你的生活,每句话都像针一样扎着我,提醒着我,我已经是一个没有希望的人……"

的确,在好几次打电话给他他不愿接以后,我也就慢慢克制住了自己联系他的冲动。

只是,他不知道的是,有很多话,除了他,我找不到第二个人可以说。

"没事的。都过去了，"我拍拍他的肩膀，"我的车快来了。"

14

冬天的海与夏天时完全不同。冷漠刺骨。拒人于千里之外。

这次的南方之行让我有些困惑。我已经不知道我是为了寻找严晓丽，还是在找寻某个早已经面目全非的自己。

严母听说我打算离开，邀请我去她家吃饭。我知道一定又是严父授意。我没有推辞。对于我来说，能够再次靠近严晓丽曾经生长的地方，也是好的。

就当作一个仪式。就当作一次告别。

从严母的待客之道就能看得出来，严家一定教养森严。她刻意为我这个北方来客准备了各种海鲜。菜量刚好，各种口味均匀搭配。但嘴上只是说着，家常菜，随便吃吃。

我们一边吃饭一边谈着。有严晓丽在中间作为话题，一切也就显得没有那么尴尬。我原本以为我会了解到严晓丽的又一张脸。但是令我惊奇而又沉默的是，严母描述里的严晓丽是模糊的。

从她不咸不淡的故事里，我无从揣测严晓丽是什么样子的。我甚至完全无法跟此前了解到的各种各样的严晓丽联系起来。

她口中的那个女儿，跟大多数三流电视剧里只负责过场的女儿没有任何区别。普通无聊到我几乎回想不起她究竟说了些什么故事。

"我能再去她卧室看看吗？"饭后，我对严母说。

她点点头。

走之前，我不想再像先前那样礼貌性地看两眼就离开。这一次，我检索着这间房里所有的东西，渴望能让严晓丽的人生拼图在我心里更加完整一些。

我看到了一张相片。它那么不起眼地被摆在书架的一侧，但是我却觉得那么扎眼。相片上的严晓丽挎着一个旧得有些泛黄的帆布包。布包已经被印上了几块墨渍，但她还是恋旧而倔强地背着。

我见过那个包。

大概是两年前的秋天，我跟已经要谈婚论嫁的女友分手。

我的季节性抑郁症如期到来，但是那一年我却完全没有想要去死的欲望。一点也没有。我的绝望更甚往昔。但我不想让那个离开我的女人觉得，我是为了她而死。太丢脸。

那时的公司组织去丽江玩。也不知道从哪一年开始，连文艺范儿的小清新们都慢慢地不屑于再提丽江了。那里早已经成了中年人寻找艳遇的大酒吧。但听到说要离开这个城市，我依旧愉快而兴奋。对于那时候的我来说，只要不是这里，哪里都好。

夜晚。同事们在四方街热闹的酒吧里随着主持人的廉价笑话而乐不可支。满场都是醉眼蒙眬的人。就算主持人坦诚倾诉自己因为母亲昨天刚刚过世而悲伤难过,我想整个场子也一样会笑得前仰后合。

我找了个借口,先行离开。

有的时候,逆着人流走反而才是最佳选择。我漫无目的地走到那时还未完全开发的老城区。终于完整了想象中古城的样子。宁静。幽深。石阶上都长着杂草或青苔。有不知道通向哪里的涓涓细流。时时会偶遇门挂灯笼的人家,似是在给行人照路。某些小路上,有野猫毫不畏惧地与人同行,在下一个路口又不发一声地分开。

完全不知道走去了哪里,但我的心却忽然好平静。

然后我就听到了那嘤嘤的哭声。

放慢了脚步,轻轻地循声过去,是一个年轻的女生坐在石阶上哭泣。她身边耷拉着一个帆布包,就着月光能够看到上面的墨渍。

我没有打扰她的哭泣,就那么立在那里看了不知道多久,然后转身走了另一条路。她哭得太过认真,没有发现我。

我永远不会忘记那个长发披散下来的背影,不会忘记那个旧得可爱的帆布挎包。

在那一年的那一天,那是我的救赎。虽然我绝不愿意承认自己有多难过,但我的确也曾在心底里像她一样哭泣过。看着那个颤抖的背影，我忽然间明白，即使我把自己的心吃掉，也不过是天涯四方无数伤心人中的一个罢了。

而那时那刻挂在房檐上的半个月亮，比我们的伤心重要多了。

我慢慢地摸回到同事们所在的酒吧，加入到享受这廉价狂欢的队列。

思绪回到现实，我有些不敢相信自己的眼睛。这个世界上也可能有两个同样的布包，又或者我的记忆出了错误，自动把所有类似的墨渍归类统一。但——那拍照的地方，分明就是白天的四方街。

我轻轻地把照片从相框里揭下来。背面写着文字：

宋志兴，我恨你。我这辈子再也不要来丽江。

落款上的年月日终于让我确信。

严晓丽，我跟你之间，曾经这么近。

两年前失恋的那个秋天，我没有哭。尽管那是我想要与之结婚的女人。但是此刻，在一个陌生人的家里，我忽然抑制不住地流下泪来。

15

在酒店收拾行李的时候,大堂打来电话。说有人送了东西给我。

我很疑惑,请他们送来我房间。看到信封我恍然大悟。是严晓丽寄给林静的东西。一封信。一张光碟。

我向酒店借能够看光碟的电脑。谁知道他们竟带着我去了会议厅,让我使用投影和音响。

严晓丽写给林静的那封信很长。我坐在空旷的会议厅里一个字一个字读完。很奇怪。那明明是写给林静的信,我却觉得像是在对我诉说。

结婚常常像是一个神秘的仪式。不仅宣告着两个人缔结一个私密的盟约,也意味着,无论曾经多么靠近,一些人,从此以后就跟另一些人分属于两个世界了。

得知林静结婚的消息,严晓丽并没有赶来参加婚礼,也没有俗气地包红包随份子。她寄来这样的东西,算是对过去告别。

在信的末尾,严晓丽说:"林静,很早之前我就说过,如果你结婚我一定不会去参加你的婚礼。因为我一定会在喜庆的婚礼现场痛哭得像个傻子。虽然此时此刻我们都已经长大,我知道我会给你祝福,你也能够礼貌地说谢谢,但是我依旧不想要去你的婚礼。就让发生在遥远家乡的那场婚礼成为我们俩之间的告别仪式吧。林静,再见。在我们之间,再见就是永不再相见。虽然我对这个世界失望透顶,但还好在彻底失望之前遇见过你。"

我用投影仪播放光碟。

严晓丽清秀的脸被投影在巨大的白幕上。她的声音时而欢乐时而悲伤,在我耳边爆炸着。屏幕上是她到北京以后用手机拍摄的视频。她把她心里的北京拍给林静看。

天安门。长安街。早高峰拥挤到可怕的地铁。淡季里冷清得没有人烟的颐和园。需要检查身份证才能参观的北京大学。豪宅旁临时搭建起的工地宿舍。西客站。T3航站楼。有名的胡同巷子。郊区里又脏又乱的聚居区。

"静,北京好大,好复杂。我有的时候在想,好像一个人的生命旅程从出生开始就已经被注定了似的。这个国家的巅峰和中心从来就跟我们没关系。听起来好残酷,但也是没办法的事情。有时候我觉得你比我勇敢多了。理智地接受现实本来的样子,然后微笑着活下去的你,要比满口漂着理想未来,一直横冲直撞的我勇敢一百倍。"

夜里的街道。街心花园的树木花草。严晓丽一手拿着手机,自然地冲着镜头微笑。她买了一包烟,放在嘴里点燃,猛吸一口,然后被呛得直咳嗽。被点燃的香烟在黑夜里像是一只孤独的萤火虫,兀自明明灭灭,直到完全烧尽。

"静,你说一个好女孩儿应该是什么样的呢?你那样的?反正一定不会是我这样的。我有时候会故意想要去做一些明明是禁忌的事情。并不是不这样做就活不下去了。人生的困境常常根本就不会是活不活得下去的问题啊。衣食无忧,看起来没有任何理由不开心的人,也可能就偏偏因为绝望而自杀的啊。这种无法填满的深渊才是无解的人生困境啊。有的时候正是因为想着,如果连自杀都可以、如果连死都不怕了,那么还有什么不能做的呢?就是要这样刺痛自己、伤害自己,才能些微地感受到人生真的是在流动着的吧。"

淅淅沥沥的雨幕中,不远处酒吧的灯光模模糊糊。打着伞匆匆经过的路人。飞驰而过溅起一道水柱的跑车。画面微微颤抖着、漫无目的地移动。严晓丽的声音带着哭腔。

"静,我听说你要结婚了。还是从别人那里得到的消息。你说是不是很讽刺呢,我们是彼此最亲近的人,但是你却不敢告诉我你的任何恋情进展。我不知道你要结婚的对象是个什么样的人。但是小时候你跟我说,你喜欢英俊又孤独的吉他手,于是我就尝试着跟一个吉他手交往。我无法分享你的爱情故事,但我至少可以试着体会你的恋爱心情。我不知道你此刻的心情,不知道你在恋爱里那些甜蜜或者心痛的所有细节。但是我希望你遇到的是一个安稳而勇敢的好人。"

看不出是在哪里,只知道是一个晴朗的好天气。蓝天。白云。

绿草。石椅子。严晓丽的脸在自然的阳光下格外好看。

"静,我为你读我写的诗好不好?

喂,你要去哪?

永无乡。

那你最好换一匹马。

为什么?开车难道不是更快吗?

因为啊,既然无论如何也到不了,那何不终其一生逗留在理想不灭的路上呢?"

画面移开,看不到严晓丽的脸,只听到她嘤嘤的哭声。

又切到另一个时间和地点。我被白幕上的画面震惊了。因为那不是别的地方,正是我上班的大楼。向上仰望的画面被高耸的水泥建筑占据了大部分,只看到很少的灰白天空。画面久久地凝固在那里,仿若一个长久守望的姿态。

"静,今天是我的生日,祝我生日快乐。最近我认识了一个人,他告诉我他在这栋楼里上班。当然,我也不知道他说的是不是真的。毕竟,我们都根本未曾见过面。只是,他让我有一种亲切的感觉。仿佛是已经认识了很久,可以坐在一起静默无言也不会尴尬的人。你肯定不会相信,我们是因为一个共同的想要去死的愿望而相识的。但是认识了他之后,每天那么随意地聊两句,那种被需要着的感觉治愈了我。如果有这么一个人,让你觉得生活虽然平凡又乏味,但是因为有他在，还是值得过下去的，那么对他的感觉，即使不是爱情，也多半是值得持续的正能量吧？这是我在北京过的第一个生日。我想要约他出来陪我看一场电影。我不知道该怎么向他开口。又或者，因为我们心意相通，所以我可以在无边的人流中精准地把他认出来？静，祝我好运，也祝你好运。再见吧。"

画面仍旧对准那个我如此熟悉却又如此陌生的建筑。然后，慢慢地暗下去。

我的眼睛像是完全坏掉了，眼泪不停地向外涌出。

我忍不住走上前去，轻轻地吻着早已经空白一片的白色投影幕。仿佛一个真实的严晓丽生存在那里似的。

严晓丽，我从没有见过你。但是我想这个世界上没有人比我更了解你。

我也不会再如此深入地走进另一个人的内心。因为灵魂的纠缠让人心神枯竭。

严晓丽，我从没有见过你。但是你是我最亲爱的人。

如果时间是一座巨大的城市,那你一定住在最高的那栋楼里。
因为,无论我走得多远,只要回头看,视野里仍旧全都是你。

一个陌生男人的　来信

1

中秋节假期到来之前的这段时间尤其忙碌。作为产品经理的周卫星要负责公司新版 App 的准时上线，作为儿子的周卫星要准备好怎么在中秋回家的时候应对父母、亲戚关于结婚恋爱的盘问。

一个刚过三十的男人还没有交到长久稳定的女友，这无论是在家乡还是北京都算是不争气、不体面、不光彩的事情。

今天看来又要跟着团队一起通宵奋战了。周卫星暂且到茶水间里来缓口气。他从冰箱里拿出一罐健怡可乐，一口就喝掉大半。任由可乐滑进喉咙，眼神木然地盯着某个角落。好像在想什么，又好像什么都没有想。

不知道是从什么时候开始对这种带着气泡的饮料上瘾。大概生活和工作实在平淡乏味得让人恐惧，所以一定要让自己沾染上什么看似难以戒除的瘾。抽烟喝酒都太不健康，那么就可乐吧。每一次对上瘾的满足，都成为一次人生的舒展。

三块钱买一次存在的意义和感受，多廉价、多便捷、多经济。

"还没下班呐？"一个声音闯进茶水间。虽然是疑问句，但是却带着理解、同情、安慰和些许玩笑般的幸灾乐祸。

周卫星听到那声音就放松地笑了："是啊，今天看来又得半夜才能回家了。你怎么也这么晚下班？"

"节前嘛。放假这件事在咱们公司的意思就是,提前加班、合法补休。"

两人心照不宣地笑开了。

如果说在这偌大的北京城里有谁能够让周卫星毫无保留地信任,那么就是眼前的这个人了。宋凯旋是周卫星的老乡,也是他在北京的恩人。

事实上,他能够进入这家如日中天的互联网公司,很大程度上是靠宋凯旋的照顾。

他们来自同一个北方小城、同一个中学。宋凯旋比他早三年考来北京。当周卫星刚刚迈出大学校门的时候,宋凯旋已经成为某小型公司的人力资源总监了。于是,无论是虚的职业发展规划还是实的牵针引线资源介绍,周卫星都算是被宋凯旋手把手提携出来的。

虽然关系这么近,但周卫星从来不用"朋友"这个词来形容两人之间的关系。宋凯旋是他需要感恩和仰望的人,怎么会是朋友?

"你几号回家?"周卫星问。他们两人之间的对话很容易就指向故乡。

"今年不回了,"宋凯旋摇摇头,"今年有别的事情。"

周卫星揣度着宋凯旋的神色,觉得那件"别的事情"一定内有隐情、并不简单。于是他不再追问。

但宋凯旋却接着说了下去:"有个老朋友嫁到上海去了。我要去参加她的婚礼。"

周卫星"哦"了一声,局促地握着可乐罐,忽然不知道该说什么了。宋凯旋的语气让他忍不住猜测那个"老朋友"一定跟宋凯旋有千丝万缕的关系,说不定是一见面就会爆发出无限伤感回忆的那种。

"你跟前台小乐怎么样了?你不是一直都觉得她挺好的吗?"宋凯旋首先打破沉默。

"她呀……倒也是挺好的……"周卫星有些欲言又止。

"怎么?"宋凯旋忽然有了兴趣。

"前两天约了她一次,看了电影,吃了饭。怎么说呢,也没有哪儿不好。一切都挺正常的。但问题就在于,太正常了点儿。"

宋凯旋点点头,明白周卫星说的是什么。

"这事儿我也就跟你抱怨抱怨。我都这岁数的人了,赶快找个合适的姑娘定下来才是正题。要是跟别人讲,我觉得那姑娘太平淡了不适合我,人家肯定觉得我脑子有病。"周卫星接着说,自嘲地笑笑,"马上中秋节回家,总得给家里人一个交代吧?"

"我说你小子怎么观望了那么久,忽然最近出手了呢!"宋凯旋恍然大悟。

周卫星笑笑,没有回话。

气氛忽然变得沉默而尴尬。

宋凯旋极善为人处世，通常遇到这种情况，他早就礼貌地离开现场了。但此刻，他似乎并没有离开的打算。

"像你这样的男生，按理来说应该不缺喜欢你的女生吧？就算没有疯狂到主动追你，暗恋你的总有吧？你怎么会交不到女朋友？"宋凯旋又开了一个新的话题。语气并不敷衍，听得出来他是真的疑惑。

于是周卫星也就认真回答："现在的女生哪有喜欢我这样的啊？工作一般，收入一般，长相一般，还总是不爱说话，让人觉得沉闷。就算像小乐那样答应跟我相处看看的，也多半只是试上一试、聊胜于无吧。说实在的，如果我是个女生，也不会选我这样的。"话说完，手里的可乐刚好也喝干净。周卫星把可乐罐子用力捏扁，扔进垃圾筐里，起身准备离开。

连续加班，衣服都没来得及换。白衬衣领口、袖口都有了汗渍，裤子皱皱巴巴的，皮鞋一看就穿了好几年了。这样的周卫星，怎么会有女生喜欢？

"那么以前呢？上学的时候，也从来没有人喜欢过你？"宋凯旋赶在周卫星走出门之前问出口。

今天晚上的宋凯旋太奇怪了。他做事说话从来分寸恰当、礼貌得体，周全得几乎看不出他内心的真实情绪。周卫星第一次看到这样急切失态的宋凯旋。

"没有。谁会喜欢我啊。"周卫星想了想,肯定地回答。

"是没有还是你没感觉到啊?就连一件奇怪的事情都没有发生过?"

周卫星前进的脚步微微停顿了几秒,又继续坚定地迈出去。

"真的没有。"

2

但想起来,其实刚上高二那年的确发生过一件称得上奇怪的事情。

在回家的火车上,周卫星忽然这样想。

那还是人人都热衷于结交笔友的年代,学校的收发室一到下课时间就热闹得如同投喂时间的鲤鱼池。一张一张相貌神色各异的小脸蛋争相挤进狭窄的收发室,翻找属于自己的那封信。

少年时的周卫星其实也曾想过要不要认识一个遥远陌生的笔友,通过她的书写,连接、触摸到某个异于此时此地的时间空间。那种关于远方世界的想象对十几岁的少男少女来说是极大的诱惑。

但是周卫星抵抗住了这种诱惑。

拥有笔友的好处,没有大到足以抵消跟风效仿所带来的屈辱感。

周卫星不能忍受自己跟大家一样。

他就是他,是周卫星。

他不是"大家"。

但是命运仿佛刻意捉弄人一般,他还是收到了来自远方的信。

"周卫星!你的信!"

记忆里,那应该是上午第二节课后的课间休息。他忽然听到宣传委员这样对他喊。他的第一反应是疑惑和惊讶:怎么会有他的信?是不是搞错了?他既没有在任何杂志的边角刊登征友信息,也没有给任何人写过信啊。

但随着他把那封信拿在手上,疑惑慢慢被兴奋取代。他表面上仍旧是一副满不在乎的冷静样子,只是因为不想像其他人一样急切激动地拿到信就马上拆开来看。那样实在是太不酷了。

他在第三节语文课上静悄悄地拆信、读信。

但是信里究竟写了些什么呢?

火车飞快地疾驰向前,车窗外的景色倏忽掠过。

周卫星的大脑也这样飞速运转。

2014年的中秋节,整个周家上下都过得放心、开心。父母连见都完全没有见过儿子口中的那个小乐,就似乎已经认定她是周家未来的媳妇了。他们连声说道:"好好好!有合适的对象了就好!""赶快结婚吧,这样爸妈才能放心啊!""计划计划什么时候要孩子,我知道你们年轻人现在放得开,先要孩子再结婚我们也能接受。"

他们从来不问:"你爱她吗?""你跟她在一起会感觉开心和放松吗?""如果觉得现在还没遇到合适的,要不要再等等?选择伴侣关乎你以后的几乎所有幸福呢!"

一次也不问。

有时候周卫星会忍不住想,父母跟他不过是生殖繁衍的关系,所以他们对他所有的关心也都只关乎生殖和繁衍吧。

但这想法太残酷。三十出头的周卫星不能容忍自己继续想下去。人到了一个年纪,就不能再像少年时那样偏执极端了。任何事都向边界探索、窥望禁忌那头的风景,也是需要勇气和筹码的。已经三十多岁的周卫星,不拥有它们。

应付完父母的殷殷嘱托和满心期待,周卫星已经非常疲惫。他找了个借口回卧室休息。

隔着房门,客厅里隐隐传来电视剧里婆媳吵架的声音,周卫星开始翻找自己以前的信件。他忽然很想知道中学时收到的那封信里究竟写了些什么。

时光成了他的避难所,能够让他暂时逃开此刻这密不透风的现实。

找到的信纸已然泛黄,蓝黑墨水的字迹也已淡去。但周卫星还是被吸引住,读了下去。

三十多岁的他,心中所感受到的震撼,更成倍地甚于十几岁的他。

那封信是这样写的。

3

周卫星:

你好。

请你原谅一个陌生的中年人这样唐突地去信。我是知识分子家庭出身的人,一生都讲究、计较"体面"两个字。我不知道该怎么形容我现在的处境,走投无路抑或绝处逢生?无论怎样,请你相信,但凡有别的选择,我都不会这样贸然打扰你的生活。

我快要死了。我今年四十八岁,胃里长了癌,又蔓延开,大概是活不到知天命的年纪了。自上一个星期开始,我连流食都有些咽不下了。我在这个世界上孤独一人,没有妻子、没有家人、没有儿孙满堂,只我一个人。活不活、活多久,原本对我来说意义不大。

虽然心里藏着巨大的遗憾与懊悔无法解开,但似乎也只能就这样离开了。我本想着,也许今生欠下的债需要用来生、再来生去偿还吧。

直到你的名字突然出现。

同病房的小病友一直刻苦努力、力求上进。他从不放下学习,希冀着有一天痊愈之后,还能回到校园里去,过正常人的生活。那一天,小朋友的母亲正在给他念杂志里的作文范本。作文题目是"一想起我的家乡啊",文章里写的是某个我曾经生活过但再也不曾回去的北方小城。文章的作者,是你。

在我命不久矣的时候,让我听到这样一篇文章,我猜测是老天的旨意。我强压住内心的急切,待到小病友学习完毕才要来那本语文杂志。我翻到你的文章,果然,如我所期待的那般,杂志上有你学校的详细地址。语文老师帮助你投稿,总也得求点属于学校的光荣与名声,不是吗?

此刻,我趴在病床头上给你写信。字迹扭曲难看你不要介意,这半是因为身体上的苦痛、半是因为内心难平的波动。其实,我父母都在中学任教,我从小就练了一手好字。在我十几岁时的动荡年代,这一手好字连带着背后的学历和涵养害惨了父母,却奇迹般地保住了我。虽然我出身不好,但大字报没有谁比我写得好看。我知道怎样下笔、用色最能引人注目,所以每一次对"反革命分子"的批斗都恰到好处地绕过了我。人要有一技之长,真是亘古适用的道理。

　　人老了就爱絮叨。我猜你这样的年轻小伙大概没有耐心去听我从头细说这些陈旧的历史吧？那么，我就直截了当，向你提出我的请求吧。在你生长的城市里，住着一个跟我差不多年岁的女人。我希望你能替我找到她，向她讨一个原谅。

　　七十年代的头两年，父母终究没能撑住。在我比你大不了几岁的年纪里，我的父亲不堪重荷在空荡损毁的教室里将自己吊死。他在讲台上站了几乎一生，最后死在讲台上，残忍一点说，也可以说是遂了愿了。我的母亲被打成了"封资修"的反面典型，被赶到了牛棚里住。

　　母亲担心狂热的怒火很快就会烧到我的身上，想尽一切办法帮我逃走。我偷偷爬上火车，混进知青的队伍里，来到了一个陌生的北方小城。

　　就是在那个小城，此时你生活着的那个小城，我遇见了梅志新。她出生时叫梅小妹，在那个特殊的年代随大流改了名叫志新，寓意志向像这个国家一样新潮又远大。

　　该怎么跟你说我同她之间的故事呢？

　　你且想象一下，在十七八岁的青葱年代，男孩女孩全都情窦初开。而我们不需生产、不用劳动、更没有每日上学的义务。我们生存的全部任务，仿佛就是带着激情迅猛刺激地活下去。在那样的天地之中，如果可以自由自在地恋爱，那将会是人生最美最好的时代吧？

但天总也难遂人愿。我们有着爱情所必需的时间、精力、激情、荷尔蒙和年轻的脸庞。但我们却没有恋爱的自由。在那个年代，自由和爱情都是"资产阶级毒苗"，是会破坏"革命果实"的万恶之源。

在那个年代，爱情是一项需要被批斗和谴责的邪恶罪行。

但无论如何，我跟梅志新之间的爱情，还是发生了。我假装是自愿下乡的知识青年，混进了当地红卫兵的队伍。在广场上举行批斗大会的时候，我和她互相看到了彼此。

后来我知道，她看到我，大抵是因着我眼睛里没有其他红卫兵那样的仇恨和狂热。我对被批斗的那个老年人有着隐晦的同情。她出身不好，想要审时度势为以后铺路。她把我当作了可能的守护神。

而我看到她，只是因为她美。

但无论如何，我们在人群中看到了彼此。只是一个眼神就已经足够。

后来我打听到她家的地址，又常常去找她。

我不愿像其他喜欢她的人那样拿着她的出身要挟她。那会让她痛苦难受。如果你真的喜欢一个人，你怎么会舍得让她难过呢？我只是在她家附近转悠，一则想要时时能看到她，一则是观察着有没有人欺负了她。

那时候的我多么盼望我们是生活在一个自由开明的时代啊,这样我就可以大大方方地走到她面前,跟她说:"我喜欢你。"

但那个年月里的我们不可以。

喜欢也是犯罪。

于是,就这么迂回、徘徊了将近一年。到后来,我的眼睛里只有她,她的眼睛里只有我。但是谁也没有开口跟对方讲过一句话。

我跟她之间这沉默而没有始终的爱情大概触怒了很多人。他们没有把柄用爱情处置我们,于是有人开始挖掘我的底细真相。这让我极度恐惧。

我不知道该如何是好,只能猜测自己大概很快就不能再这样平静地生活下去。于是,我把母亲交给我的一盒雪花膏送到她家门口,从门缝里丢进去。这小小的一盒面霜在你们看来大概不算什么,但是在那个时候,整个世间所有能让女人变美的东西全都被烧掉、毁掉。母亲的高跟鞋和连衣裙全都没能保住。她冒死偷偷藏下了这一盒雪花膏,交给我,说:"遇到喜欢的姑娘就送给人家吧。咱家现在这个境况,没什么能够给予人家的。这点小东西,聊胜于无吧。现如今的世道里怎么也算得上新奇少见。"

说起来你一定觉得好笑,但是那时候的我真的觉得那一盒雪花膏里承载着我整家人的爱意和期盼。

而这爱意和期盼得到了回应。

送出雪花膏以后，我就一直躲在暗处没有离开。她并没有离家，而那盒面霜不见了。确信她拿到了我的礼物以后，我才走。

那时我觉得，这大概就是这段感情沉默的顶点了。我开始收拾行囊准备离开这里，逃往另一个地方。否则若是让这里的人查出了我的身份，一切就真的难以收场了。

但就在她收到礼物以后的第三天，发生了一件至为奇怪的事情。城里大大小小各个喇叭忽然都开始紧急地广播一件事情，说因为我们这里的革命热情全国最高、革命能量全国最好，所以国民党特务将会用毒气弹攻击这里，来打击全中国的革命力量。为了确保我方不损一兵一卒，不让国民党的反动阴谋得逞，我们要做好一切防护措施，举家上下待在家里，紧闭门窗，足不出户。无论听到什么动静都不能靠近窗户，更不能出门。确保我方没有任何人员损伤，就是对国民党反动计划的最好打击。

这新出现的消息阻碍了我私自逃离的计划。我只能像喇叭里要求的那样，紧闭门窗，待在家里。那喇叭里的声音几乎等同于法律、圣旨，是不能违抗的。

但出乎意料的是，就在我因为前途未卜而惴惴不安的时候，有人来敲我家门了。我犹豫了很久才去开门，心里设想出了无数可能。是红卫兵们终于找到了我的把柄要抓我去批斗，还是国民党反动派偏偏瞧上了这一户不起眼的破败人家要拿来杀一儆百？

打开门，却竟是她。

她笑盈盈地站在我家门口，对我说："你好呀。"

盼了近一年的她的声音，这么好听。

她拉我出门去。

我这才知道，原来这一切不过是她导演的戏剧。根本没有什么国民党反动派的攻击。她冒充中央的人，写了一封信件，投递去红卫兵总部。那些少年轻狂的红卫兵们一看到中央来信几乎都兴奋得发狂，根本没有多余的心力去分辨信件真假，一拥而上地攻占了广播站。

她收到那盒雪花膏以后，竟然奇迹般地知道了我心中所有的想象、倾诉和盘算。她害怕我这一离去就再也没有见面的可能，于是策划出这一幕荒诞戏剧，只为创造出跟我相聚相谈的可能。

"这事要是被抓到，你怕是死掉十次也不足够吧？"我一方面倾慕她的勇气和机智，另一方面又极度为她忧心。

她却一副洒脱的样子。我永远记得她淡淡说出口，却仿若千斤重的话。她说，被他们整死的确很可怕，但是，畏缩着舍弃生命所有的乐趣活下去，就不可怕了吗？

她虽然表面乐观，但也是准备好了接受最坏的可能的。

她愿意像烟火一样活着。

我想，感情如果是一件双向流动的事情，那么我只不过给予了一段蝼蚁前行般长久却也无力的爱。是她，燃烧着自己让这段感情绚烂得如同在夜空绽放的烟火。

为了仿制通知里所说的毒气，她在小城的四周都烧起干枯的麦草。于是，在那一天里，整座城市都弥散着薄薄的烟雾。明明是一个鲜活的北方小城，却在那一天里街道上空无一人、寂静无声。

在那个原本多给彼此几个眼神都担心会被揪住的年代，我跟她在那一天手牵着手游遍了城里的每一寸角落。我们低声地交谈、静默地微笑。我们一刻钟也不停下来，仿佛是要补足这近一年来的所有缺失。我们之间没有任何生疏隔阂，这么多时间里的眼神交会早已经说尽了千言万语。虽然之前从没有听到过彼此的声音，从没有触摸过彼此的皮肤，但我们之间是有爱情的。

在一个不可能的时代，创造一个不可能的世界，做一些不可能的事情。

那是我这辈子一想起来都会微微颤抖的好时光。

我们舍不得入眠，一整个夜里也都在小城里游荡。那些原本在夜里会显得张牙舞爪、触目惊心的大字报，渐渐地看起来也没有那么可怕了。

站在小城的中心街道，看着天边的朝阳缓缓升起，我们的心中都有千万的不舍。恐惧再一次在我心里升起来。这一次，更甚以往任何一次。因为知道了美好的岁月应该是什么样子，残酷的现世就显得成倍地骇人。

她忽然说:"要不要一起逃走?"

我一时有些反应不过来。

她于是接着说:"我们收拾东西离开这里。现在还来得及。无论去到什么山穷水恶的地方,也都比这里好。"

她说出的,是我只敢在心里模糊地酝酿、连仔细想象都不敢的事情。

趁着连续了一整天的激情,我们迅速地收拾包裹,往更远的深山里走。

出乎我们意料的是,桃花源真的存在。

在距离小城好几十里山路的森林里,有着一个几乎与世隔绝的小村落。这里的村民也并不是完全不同外界接触,他们每隔几个月就要派人去城里交换物资。但是这天然的遗世独立让他们对外面世界里如火如荼的政治运动漠不关心。在这里,重要的还是雨水和阳光,是丰收和婚宴。

他们像是原始动物一般敏感地嗅到了我们对自由的渴望,嗅到了我们的友好和温顺,于是欣然接受了我们加入到这个栖身于自然旷野之间的大家庭。

想起来,那的确是我人生中最好的时候。有山,有水,有她,有爱,有自由。连轻轻地每一次呼吸都像是在透支今后生命里的所有美妙。

是的，如果可以选择，我愿意付出之后在滚滚红尘里争到抢到的一切。只要能回到那时候。

这世间美好的时光仿佛都注定短命。我觉得似乎只是一眨眼的时间，那些已经愤怒到发狂的红卫兵们就找到了我们。他们在发现我们逃走、发现梅志新家里那些萝卜刻出来的假冒印章以后，就发了毒誓一定要抓回我们。

这爱情已经成长得不知天高地厚，从"资产阶级毒苗"长成了必定会毒害到"革命果实"的恶瘤。不除掉对不起那鲜红的袖章。

其实，我们两个无关紧要的人逃走又算得了什么呢？年轻气盛、不可一世的他们，不过是不能忍受自尊受到了羞辱和挑战。

被带回那个恐怖的小城之后，我们被分开关押、单独审问。我开始并不明白这其中的奥妙玄机，等到知道以后已经太晚。他们不仅仅是要批斗惩罚我们。他们要做的，是从根本上清除我们的爱情。

是因为这爱，我们两人产生了誓死也要反抗他们的勇气。所以，他们不是要除掉我们，他们要除掉我们的爱。

后来我全都明白了。只可惜，却已经太晚。

这是我最难以启齿的往事，但是为了赢得你的了解和帮助，我不得不说。

且让我先长长地舒一口气吧。

省略掉所有花哨的修饰、虚伪的包装，那么我要说的就是，她承受住所有难以言说的苦痛折磨坚持着我们的爱。而我,选择了背叛。

这并不是一个被严刑拷打、威胁恐吓之后不得不背叛爱人的故事。没有那么悲情。痛苦的遭遇当然也有,但根本上,这是因为我的懦弱。我甚至在理智上已经猜到她会坚持下去。但是在那间黑洞洞的房间里,我并没有因此感受到温暖和光明。浮现在我脑海的念头是,那样就太好了。她选择做一个冥顽不灵的"反革命分子",那么我的回头、悔改就会显得更加珍贵吧?这样,我、我在故乡的妈妈、我的所有未来,都会因此被保住吧?

在事情发生的时刻,这些邪恶、自私、懦弱的想法并没有这么层次分明、逻辑清晰。那时候,我满心都被恐惧所占据,一切根据本能行事。这所有一切如水波纹理般微弱闪逝的起心动念,都是我在后来那么多年懊悔赎罪的日日夜夜里,一点一点摸索清楚的。

选择成为烟火的梅志新也没能真的绽放。我只看过她第一次被批斗的场面。她被形容成为淫荡不堪的女流氓、十恶不赦的大间谍、万劫不复的叛国贼。狂热人群像是组成了一个燃烧着的吃人地狱,一点一点将她包围、吞噬。

在人群中,我们两人的眼神再一次穿破层层叠叠的身影,精准地相遇。像是宿命一般地,我们在无声中说"你好",也在无声中说"再见"。

如果她那时候看我的眼神但凡有那么一丁点失望和怨恨，我也许就能略微地放下。做了错事，招来仇恨，这平衡大约多少能够为我赢来一点心安理得。但她没有，完全没有。在辱骂、训斥和痛打之中，她仍旧那么温柔平静地看着我，仿佛她对我的爱一丝一毫都没有改变。

在自己遭受着折磨的同时，她竟还用眼神安慰我。我读得懂她的眼神。我知道她是在告诉我，不要自责，既然做了选择就这么好好地活下去。

在这个几乎惊天动地的插曲过后，我依照原计划收拾行囊偷偷离开这里。但是，有些东西仿佛被雕刻在了我的灵魂里，永远永远地不一样了。

在这以后的岁月里，我努力过得波澜壮阔。我像是一个绝症患者那样不在乎明天般地挥霍着生命和时运。无论是政治运动还是商业浪潮，我都奋不顾身地卷入其中。若以外人的眼睛来看，我即使早逝，也过得足够精彩、不枉此生。但只有我自己知道，在这些看似精彩万分的日日夜夜里，内疚、自责、负罪感都如影随形地纠缠着我，让我不能安生，也不得好死。

我后来听说，"文革"时的那场遭遇让她的身体、心灵和名誉都受到了极大的损害。即使在那场狂热的运动过去了之后，她也没能再走上正常的人生。于是，仿佛做贼心虚一般地，我也不敢撇开她，去结婚生子，去漫步尘世。隔着时间空间，她遭受的所有痛楚，我都强迫自己复写一遍。

我不敢回去再面对她。我盼望她能够打我、骂我、甚至杀掉我。但我猜测她多半依旧只是温柔地笑一笑，抚去所有时光的灰尘，像第一次敲我家门时那样轻轻说："你好呀。"

有的时候，时间是治愈一切的良药。但有的时候，时间只是罪恶和痛苦的发酵剂，陈酿得越久，越不可能回头。

如果你有足够的耐性、我有足够的幸运的话，看到这里你大概已经能够明白，你的出现，对于我的人生有多么重大深远的意义了吧？

在人生的这个关口，我把你的出现看作将死之前的最后一道曙光。我始终没有勇气去面对她。那么，如果有人能够代替我向她转达这些千回百转的念想，也实在足够。但如果你有别的考量，我也绝对接受你的拒绝。请你不要因为无法对一个快要死去的中年人说不，而答应下来我这个沉重而冒昧的请求。

请你相信，我已经有足够的勇气承担着所有的罪孽离去。能够有这样一个出口让我倾诉出藏在心底这么多年的往事，已经是你做出的最大功德了。

无论你怀着何种心情阅读我的故事，我都对你怀抱感激。

祝你学业顺心。

李向阳

随信附着的,还有一些凌乱的地址和资料,全都是可能找到梅志新的古老线索。

三十出头的周卫星,已经两天没有刮过胡子。他窝在少年时代卧室的床上,肚子上已经堆起微微的皱褶。这间屋子,隔着长长的时光,透出一股熟悉又陌生的陈旧感。周卫星缓慢地翻看着这些年岁久远的纸张,阅读着纸上更加久远的往事,忽然间什么都想起来了。

4

那是 2001 年。新的世纪刚刚来到,整个世界仿佛都因为步入了二字头而焕然一新又惶惶不安。

那一年,周卫星十七岁,是一个清瘦的少年。身体构造仿佛在青春期的末尾猛然苏醒,每一块纤细却饱满的肌肉都紧紧地抓住骨骼、贴近皮肤、霸占这具身体,不给脂肪留下存活的空间。于是,他虽然瘦,但却瘦得像一棵挺拔的树,坚硬又沉默地存在于天地之间。

像一棵树的周卫星在收到那封信以后着实地苦恼、犹豫了很久。一方面,他被信里那几乎满溢出来的浓烈情感所震撼;但另一方面,他心里的某一部分又在强烈怀疑着这整件事的真实性。

虽然信件的纸张、邮戳、字迹都看起来确有其事,他最近也的确在《美文》杂志上发表了一篇小文章。但这件事里千回百转的巧合与戏剧性让周卫星不由自主地产生了一种抽离感。他觉得这像是小说故事里才会发生的事情。

循着信里留下的医院地址,周卫星试着打电话去北京,询问院方是不是有一个这样特征、叫这个姓名的患者。但接线的护士一听到周卫星那少年式的声音腔调,就变得谨慎万分,仔细询问他的来历与意图。那时候的周卫星还没有学会说谎这一项基本生存技能,磕磕巴巴败下阵来。

第一次的努力就这么全面失败。

但若让他就此把这封信当作消遣奇谈,看过笑过惊叹过就算翻篇,他却又做不到。对于那个可能存在的老人来说,太残忍。

就在他发愁犯难、不知道如何是好的时候,语文老师无意间给他指了一条明路。

为了公平地锻炼每个同学的口头表达能力,每学习一篇新的课文，老师就会让不同的同学站到讲台上来领读。心不在焉的周卫星原本并不在乎今天课文是谁在读。只是，这一次，讲台上紧张、结巴、颤抖的声音配合着教室里窸窸窣窣的嘲笑声，引得他忍不住抬头去看。

是武青清。

他有些惊讶。

大概是语文老师刻意点了她吧。平日里一贯恨不得钻进地缝里生活的她，大概是不可能自告奋勇举手要读课文的。

看着台上局促的女生，一个念头涌了上来。

那件事，可以拜托武青清啊。学校里大家都知道，武青清的妈妈改嫁到了北京，连带着把她的户口也迁去北京了。她之所以还跟外婆生活在这个小城，还每天来这个平凡的中学读书，不过是因为她妈妈还没有完全安定下来，暂时不方便照顾她。终究，她还是要搬到这个国家的心脏去的。

她是周卫星在这个小城市里所能够找到的、跟北京唯一的连接点了。

但是真的要跟武青清提这个要求，周卫星又有些不知道该怎么开口了。信里的那个故事太过私密浓重，以至于让周卫星觉得，若要跟人分享，似乎连带着自己阅读时的那些感动和情绪都会被一并割走。

当然，最难堪的是，需要他开口攀谈的人，是武青清。

周卫星珍视自己的酷，因此他绝不可能跟武青清这样的女孩讲话。仿佛他只要略微地靠近她，那些苦心营建起来的酷，就会瞬间被玷污、浸染，甚至土崩瓦解。

武青清似乎发育得太早太好，看起来比一般的女孩都要高、都要丰满。学校里有爱惹是非的男生给她取了外号叫"大猩猩"。如果她能够像一般女生那样娇嗔怨怒一下，事情大概也就这么过去了。但武青清的内心显然跟她的外表成为反比，她只是哭丧着脸，沉默地把头埋得更低了。仿佛那个外号真的成了千斤的刑具，永恒地压在她的身上。

流言仿佛是有丝分裂的病菌。武青清的埋首顺耳并没有为她换来清静和安宁，继续朝她刺过来的还有："以为妈妈嫁到北京去就了不起啊？""谁知道是真的嫁人了还是怎么回事呢！""大概都是为了高考移民吧，北京比我们这里好考大学多了！""说到底还不是就想占国家的便宜。""就她啊？考上名牌大学又能顶什么用？""你看看她奶奶的裤子，屁股上居然还有一块补丁，真是笑死人了，还说自己家是北京的。"

周卫星觉得自己不敢沾染上这样的病菌。

但是又读一遍李向阳的来信，他叹了口气，还是在放学的路上叫住了武青清。

那一天，他改变了回家的路线，陪武青清走了一路。

在尴尬又简短的寒暄之后，周卫星首先简单地交代清楚情况，然后把信拿给武青清看。直到快走到她家，才终于提出来自己的要求。

"你妈不是在北京吗？你能不能让她帮忙去那个医院问一问，究竟有没有李向阳这个人，这些事都是不是真的？"

武青清还是那样垂眼埋头，一路上都没有多看周卫星一眼。她微微皱着眉，平静地读完整封信。弄得周卫星反而开始好奇她究竟怎么看待和感受这整件事。

听完周卫星的请求，她想也没有多想，只是轻轻点头说："好，我让我妈帮你问问。"她微微地迟疑，低着头，装作不经意地瞥了周卫星一眼，似乎是不知道该不该跟周卫星笑一笑、说个再见。最终，她选择别过头，走进家门，留下周卫星一个人愣在原地。

武青清的反应让周卫星觉得奇怪。

大概就是因为她这么奇怪，学校里才会有那么多人把她当作饭余的笑料吧。这样想着，周卫星还是松了口气：事情总算是迈出去一步。今后是成是败，大概总也不至于懊悔了。

怀着任务达成的微微喜悦，周卫星又顺着这条绕出来的远路往家走。

5

周二的早上,武青清把来自北京的消息反馈给了周卫星。她的妈妈正好在那间小医院里有熟人,所以没有费什么劲就打听清楚所有情况。她在数学课和体育课的间隙把折成正方形的纸片若无其事地放在周卫星手边,而周卫星则心领神会地捏着纸片去了操场的角落摊开来看。

李向阳的身体状况其实比他在信里描述的还要糟糕。如果周卫星下定决心要帮助他,留给他的时间并不多了。

随着这个消息一并递过来的,还有武青清做的详尽分析。她建议周卫星尽快去一趟城南的社区图书馆。

根据李向阳提供的线索,那是梅志新最后生活的地方。她生命的悲剧或多或少都被镶嵌进这个国家的波澜起伏之中,所以在社会走入正轨之后,这份工作成了对她的某种补偿。

那个社区图书馆,无论在空间上还是时间上,应该都是最靠近梅志新的地点。

周卫星是认同武青清的看法的。他原本也正是这样安排自己的行动的。但武青清给了他更加具体细致的方向。

她提到了有关那个图书馆的传言。早有学生在说,那里有一个老阿姨,脾气怪、长得丑。她不知道为什么没有留下子嗣,于是把那一整馆的书都当成了宝贝。借书还书她都检查得格外细致谨慎，服务态度也蛮横恶劣，仿佛是觉得所有借书的人都不怀好意。

武青清大胆猜测，也许那个怪模怪样的老阿姨就是梅志新。

周卫星也听说过那个传言。只是他没能像武青清这样把并不相干的两件怪事捆在一起，用直觉开辟出一条可能的道路。

这张纸片给了周卫星一闪念的灵光，让他原本的坚持微微地松动了。

虽然他并不情愿跟武青清这样的人为伍，但也许让她加入这次的行动才是正确的选择。

字里行间，她的想法和信息那么丰满细致。这是完全不同于周卫星那男孩式的逻辑思维的。既然这次行动背后隐藏着一个凄美的爱情故事，那么她那种女孩的感性直觉也许才能够帮助他走到正确的终点。

体育课快结束的时候，老师提前下课。一群同学欢闹地涌回教室。周卫星故意放慢了步调，靠近了一个人走在队伍末尾的武青清。

"你对李向阳的事情有兴趣吗？"他跟武青清隔着明显的距离，用不被别人听到的音量讲话。

周卫星不确定她会怎么回应这个问题。这样一个从来没有过什么存在感的女生，他无从揣测她的行事风格。

"有啊。"出乎意料地，武青清仿佛明白周卫星为什么这么讳莫如深地与她交流。她也控制住音量，淡淡地说。

"那今天下午放学以后，学校后门，六路公交车站台，到时候见。"周卫星用一张面无表情的脸说道。

武青清也面无表情、直视前方，微微地点了一下头。

一个约定就此达成。

周卫星于是不再说什么，加快了脚步，很快就把武青清丢在身后了。

经过一群叽叽喳喳的女生时，他忍不住瞥了一眼那个美丽的侧脸。

是王美笛。

通透的阳光似乎点亮了她的皮肤和发梢，让她的好看带上了点童话般的不真实。她微笑着在跟好朋友分享什么有趣的事情，围绕在她身旁的女生都笑得前仰后合。

她没有注意到自己刚才跟武青清那短暂又隐秘的交谈。周卫星舒了一口气，一颗心终于落地。

别人也就罢了，周卫星绝对无法接受的是，被王美笛看到自己跟武青清混在一起。

他又加快了脚步，很快走到了队伍的最前面，成了第一个进教室的人。

坐在座位上，周卫星忍不住把手伸进书包里去摸了摸李向阳那封又厚又沉的信。

瞥见王美笛和武青清相继走进教室,他的心头忽然涌上来一股无奈。他只是想要帮助一个垂危的可怜人,这本应该是光明正大的好事,为什么竟然需要做得这样偷偷摸摸、见不得光呢?

人和人之间的关系组成了一张巨大的网,大概是因为身在这张网中,所有的是非曲直就都显得不是那么明确清晰了吧。

周卫星不知道的是,那一刻的他,已经些微地窥探到了成人世界的无奈真相。

6

当天下午,两个人都说了谎,只为了能够在放学后像英勇无畏的骑士那样,挺进那间神秘宫殿一般的图书馆。

周卫星逃了篮球队的训练,在学校后门的公交车站跟武青清会合。六路公交车上,他们一个站在前门、一个在后门,谁也没有主动跟谁说一句话,只是在偶尔看似不经意的眼神交会里,坚定地确认着这短短一程的使命感。

下了车还要走一段。路不长,但是周卫星觉得两人之间有一股难言的尴尬。他们谁也没有开口说话,像是在等对方先开口。周卫星别过头看向远方,在心底抓耳挠腮。他觉得作为男生应该先开口打破沉默,但是,跟她能聊什么呢?最近在忙什么?晚饭吃了什么?学习还顺利吗?好像都感觉不对。不是这些问题不对,而是,跟武青清这样的人在一起,问什么、聊什么都让他觉得不自在。

沉默成了一种节奏,蔓延在两人周围。这氛围仿佛是藏在衣服底下的密密蚁群,窸窸窣窣地沿着皮肤爬行——让人不得见、无法说、但极为难受。

虽然是他主动邀请武青清跟他一起踏上这段路的,但在发出那个邀请之前,周卫星显然没有料到困难首先会来自于寻找之外的事情。

他又忍不住轻轻叹了口气。

这声几不可闻的叹息,仿佛让武青清下定了决心。她终于开口打破了沉默:"你看那边,天空又红又亮,好像漫画里的场面。我觉得似乎是在《海贼王》的某个彩插里看到过类似的画面。"

在这个北方小城的夏天傍晚,时常能看到通透的晚霞。但是,这个傍晚的晚霞尤其浓烈,几乎是奋不顾身般地染透了半面天空。

周卫星松一口气,抬头望着那天空,把话接了下去:"你也看《海贼王》?"

武青清点点头:"才出来没两年的漫画,动画化也不过是去年的事情，中国在追的人还不多吧。"

周卫星忽然间彻底放松下来了。他猛地点头，仿佛是一片新的大陆忽然随着退潮而显现出来，他抓住这个话头跟武青清有一搭没一搭地聊了起来。去往社区图书馆的这条路，也越行越显自然热络。

快要踏进图书馆大门的时候，两人已经开始谈论周卫星在学校里人尽皆知的那一次壮举。

周卫星挠了挠后脑勺，不好意思地笑笑："那次是有点太激动了，才干了那种傻事。"那部热血的漫画带着些许魔力，让他们都开始误以为跟对方共享了许多的时光和记忆。仿佛是一刹那的事情，周卫星忽然就愿意在武青清面前显露这种被称为"害羞"的情绪了。

但图书馆里的一片冷清吞噬了还没有完成的话题，两人同时闭嘴，连脚步都放缓。

周卫星轻车熟路地找到入口，爬上楼去。他回头看到武青清有些惊讶的脸，低声解释说："我其实常来这里啦，有些书学校没有，但是读起来很有趣。"

武青清释然一笑："我是真没有想到学校里还有人跟我一样会跑这么远来借书看。我也常来这里，今天都还有本书要还呢。"说着，她从书包里摸出一本方方正正的小书，《安房直子童话选集》。

周卫星看到那本书，眼睛忽然瞪得老大。他看看书，又看看武青清，似乎有些失语。

"怎么了？"武青清站的楼梯比周卫星低几阶，她仰起脸看着他。

"没……没什么……"他似乎又有些害羞了，扭头往上走去。

武青清疑惑不解，拿着手上的书，忍不住哗啦啦开始翻看。

"啊……我知道了……该不会……"武青清追上去，叫住周卫星，"你该不会也借过这本书吧？"她翻到书的最后一页，抽出那张借阅卡，在武青清的名字上面，赫然写着潦草难辨的"周卫星"三个字。

周卫星的脸有些发烫，他不说话了。

"我一直以为只是重名呢，没想到还真的是你。这有什么不愿意承认的啊？"

"不是我自己要看，是帮别人借的……"

"走啦，路飞！大家都知道你爱吃肉，但是也别因为偷偷尝几口蔬菜就觉得丢脸嘛！"武青清笑着说，向上走，超过了周卫星。

她大概是不常说这种俏皮话，所以虽然是开着玩笑，声音却有些不自信地颤抖。

周卫星忍不住咧开嘴笑了笑，跟了上去。

借还书处的老阿姨今天似乎心情格外不好。她拿着那本童话选集，一面仔细检查书籍状态，一面狐疑地扫视着这对少男少女。

武青清和周卫星都被她看得有些发毛。之前预想、演练过的计划全盘失效，那些准备好的问题也都没能问出口。他们甚至不敢仔细地观察她的脸。

终于，老阿姨露出一个不易察觉的得意笑容，脸上皱纹的沟壑里分明写着"还想蒙我？这不被我抓到了吗？"她翻开书的一页，那一页似乎是被粗暴地揉捏过，虽然又被小心翼翼地压平，但还是看得到纸张纤维上的皱痕。

"这么对待书，可不行啊。"老阿姨慢悠悠地说着，把书摊开对准武青清，似乎是不打算让她就这样把书还掉。

武青清不知道该如何应对，在这样的目光注视之下，窘迫得全身冒汗。

"这……不是我弄的……"她无力地争辩着。

"那不可能。我还能冤枉你？"老阿姨的脸慢慢变得严肃起来，"年纪轻轻就学着推卸责任可不行啊。自己做错了事，就得自己想办法兜着！"

"真的不是我……我都还没看到那一页呢……今天我们来还书只是为了……"武青清断断续续地想要争辩，却又好像不敢说太多。她无助地看了看周卫星。

"梅阿姨，你就别为难她了。这一页是我弄的。"周卫星忽然开口说，"在她之前，是我借了这本书。那天晚上我窝在被窝里打着手电偷偷看书，差点被我妈突袭检查给发现。我情急藏书的时候，不小心把正在看的那一页给弄皱了。我知道还书的时候可能会有问题，所以特意找了个不是你当班的时候来还书。所以，这真的不是她的错。在她借出来的时候，书就已经是这样了。如果硬要说到责任，那也是我的责任，或者图书馆管理不严的责任吧？怎么也算不到她头上。你说是不是，梅阿姨？"

周卫星把最后那三个字着重强调，一副豁出去的样子，紧紧地盯着图书管理员的脸。

武青清感觉如释重负，但又无法真的放下心来，于是七上八下、不知所措地看着面前这一老一少的对峙。

"梅阿姨？什么梅阿姨？你们，究竟在搞什么鬼？！"老阿姨的声音里隐隐透出被戏弄后的愤怒，她努力用自己最严厉、最狠毒的眼神盯着这两个小孩。

不知怎的，周卫星忽然想起了动物世界里捕猎前狮子的沉声低喘。

武青清和周卫星都不由得退后一步，周卫星自然而然地挡在武青清前面。他还是不想放弃。既然事情已经到了这一步，还能坏到哪里去？

"梅阿姨，请问你为什么一直没有要孩子呢？是不是还想着当年的某个人没法忘记？如果可以的话，把当年的事情告诉我们吧，也许我们能够帮到你呢？"他还是紧紧地盯着她的双眼，继续追问。

老阿姨猛地站了起来，捏住那本《安房直子童话选集》，恶狠狠地丢回到武青清怀里。

"你们给我滚！这本书，你们是别想再这么还回来了！还有，我警告你们，不管你们这些小孩在玩些什么鬼把戏，别以为能捉弄到我！"把图书馆当作神圣之地的老阿姨，大概是第一次在这里发出如此高分贝的声音。那声音在空气的高处颤颤巍巍地盘旋着，不怀好意地要将武青清和周卫星驱逐离境。

游走在图书馆门前大路上的时候，两人都有些蔫儿了。

"对不起，我刚才有些着急了。看到她那么难相处的样子，我害怕咱们原先设计好的方法用不上了，就想干脆逼她一下好了。我本来觉得以毒攻毒可能会有用。"周卫星说着，看上去有些心不在焉，皱着眉不知道在想些什么。

"道什么歉啊！刚才要多谢谢你呢！你愿意站出来帮我说话，还蛮有路飞的风范嘛！"武青清察觉到了这一路走低的气氛，费力地说着活泼俏皮的玩笑话。

周卫星勉强地笑了笑，没有搭话。又走了很远，他忽然叹了口气："我觉得自己特别失败。"也不知怎么地，就跟她说出了这样的话。他刻意地不看武青清，这样他才能继续说下去："刚才我也以为自己特别勇敢，什么都敢说、什么都不怕。但现在想想，真是失败，这么小的事情都搞砸了。"武青清越是鼓励、夸奖他，他这样的感受就越深越重。

"怎么会？！"武青清忍不住瞪着他，"你不知道你在学校里是多传奇的人！"

武青清说起了那件事。他们走进图书馆之前谈论过的，周卫星那次人尽皆知的壮举。

7

刚上高一的时候，暑假被严重切断，需要去学校补课。周卫星所有的计划都被打乱，于是带着点愤然，把书包里塞满了《海贼王》的盗版漫画，在课堂上把书藏在课桌里偷偷翻看。他自认为游击阅读的技巧已经炉火纯青，但道高一尺魔高一丈，在以严厉阴狠著称的物理老师眼里，这不过是自欺欺人的可笑把戏。老师姓牛，其实不过才刚刚人到中年，但同学之间早就开始不怀好意地传言说她那坏脾气源于提前到来的更年期。牛老师不仅在课堂上当场抓住心不在焉的周卫星，拿走他正在看的那一本漫画，更是当众搜出他书包里的所有课外书，扔进了正在焚烧的垃圾场里。

周卫星当场发狂暴怒，只差没有跟这个中年女教师打起来。扯起书包"暴走"离开学校的周卫星,并没能因此完全逃开制度和规则的惩罚。几天之后,他的妈妈带着他在牛老师办公室里低眉顺耳地赔礼道歉,才帮他拿回了重回教室听课的资格。

但是攒钱费心搜集起来的那些盗版漫画,就此永远地成为灰烬。连带着看故事时所有的热血和眼泪,都变成了空气里的一丝焦臭。

作为一般的校园八卦,这件事这么沸沸扬扬地闹一次大概也就算过去了。但在这之后不久,又发生了一个插曲,才把整件事推向了高潮。

那时候电脑刚刚开始在中国普及,所有的网吧都红红火火。学校也开始组织老师们进行电脑操作技术的培训。那个周三下午的培训,是牛老师参加的班。计算机老师正在教大家如何使用IE浏览器,告诉他们网上冲浪的便捷与神奇。忽然之间,所有的屏幕都被锁定、黑屏,然后一张嬉笑无赖的鬼脸占据了整张屏幕,是路飞正在扒着眼皮、吐着舌头做鬼脸。

所有老师都瞠目结舌、不知所措。他们在讲台上威风凛凛、气震四方,但面对着这个完全不懂的新科技,却像是学龄前儿童一般恐慌和无助。他们最初都分别以为是自己弄坏了电脑,然后面面相觑觉得是一个课堂安排,最后从计算机老师焦急的面孔和只言片语之中,判断出是学校机房遭遇到了传说中的黑客。

牛老师觉得屏幕上那张脸似曾相识,盯着看了好久,才终于想起究竟。在她烧掉周卫星的漫画书以后，有一段时间周卫星每天都在校服里套着同一件 T 恤，在物理课上装模作样地露出胸口上的图案。那正是这张搞怪难看的鬼脸。

中年女教师的脸色当下非常难看，她二话不说离开了学校机房，冲进了周卫星的教室，扭着他的耳朵就要兴师问罪。但周卫星仿佛早有准备一般，拨开她的手，质问她凭什么教训自己。

两个人在众目睽睽之下对峙。

牛老师的指控显然并不成立。学校计算机房被黑的时候，周卫星正在课堂上安静地听课，所有同学有目共睹。除非教物理的牛老师认为周卫星有什么神秘的超能力，否则这一顿教训实在来得莫名其妙。

抓住了这一把柄的周卫星显然并不打算就此罢休。自知理亏的牛老师想要狠狠离开，他则绝对不许，硬是紧紧抓住她，想要个说法。被逼到无可奈何的牛老师干脆改变口风，一口咬定是周卫星用什么他们老一辈不懂的科技方法干了这件事。

两个人一直闹到校长办公室。

最后学校领导从中调解，以牛老师向周卫星道歉作为结束。

学生向老师争取正义，并且还赢回了一个道歉，这是学校历史上从未有过的事情。尤其这前提又是，所有的同学老师都默认那次黑客行动一定跟周卫星有关系。于是，这场胜仗就显得更加艰难与珍贵了。

"你能想象吗？从那件事以后，你在很多人眼里都是浑身发光的。夸张一点讲，学校里的氛围都因为这件事而偷偷地变得不一样了。你这样的人，怎么能说自己失败呢？"武青清说着，表情那么认真。她的眼睛里也淡淡地放出光来，于是周卫星也就自然而然地相信了她说的一切。

"我倒没觉得有这么夸张。"他挠挠脑袋，又开始有些不好意思，"那次是老牛做得有点太过分了。我不反击一下都觉得对不起看漫画时那种全身燃烧的感觉。"

"说真的，你到底是怎么做到的？人在教室里上课，但是却黑了学校机房。听说那个计算机老师也不知道该怎么办，愣是让机房空了一个星期。后来是专门请人来重新调整了下电脑才弄好的。"

周卫星不由自主地露出一个得意的笑容："我可以告诉你，不过你要答应我不能告诉别人哦！"

"嗯，一定。"

"其实也不是我做的啦。我常常去混一个讨论电脑技术的聊天室。我其实听不太懂，但是看看他们聊天也觉得收获很多。发生老牛那件事以后，我在聊天室里诉苦，没有想到碰到了一个电脑高手，他也是《海贼王》迷。他答应帮我教训一下那个老师，问了我很多学校的具体情况，就告诉我说等着看好戏吧。那天老牛突然冲到教室里来训我一顿,我是真的火冒三丈。后来听她说了具体的事情以后,才想明白究竟发生了什么。我是当场灵光一闪,才觉得应该抓着这件事不放,要把事情闹得越大越好的。"

听完这前因后果,武青清先是愣住,然后才忍不住笑出声来:"真没想到困扰着整个学校的秘密,竟然这么简单!"

中学校园仿佛有一种魔力,让时间变得特别平静缓慢。于是谈论起这少见的波澜壮阔之事,让武青清和周卫星都有些兴奋与雀跃。

而回家的这一长段路途,又被语言和往事的魅力渲染得轻快和柔软。

"明天,咱们去哪儿?"走到要分别的路口,武青清的声音里嗅得到一丝丝轻微的期盼和不舍。

"既然在她最后工作的地方没什么收获,那就去她曾经住过的地方找找看吧。"周卫星从信封里摸出一张小纸条,上面写着一个大概的地址。

"好的,那明天见。我们明天也还可以再追一追图书馆这条线索。"武青清笑着说,跟周卫星挥手告别。

"嗯,那明天见,希望明天能够有好结果。"周卫星也挥手告别。

武青清从岔路上转开。这一次周卫星没有绕路陪武青清回家,走向了另一条岔道。但是,往前走了没两步,却又忍不住回头去看她的背影。

她挺好的啊，哪里像大猩猩了？

不知道为什么，心头涌起的是这句话。

武青清没有回头，很快就走得看不见了。周卫星摇摇头，嘲笑自己的胡思乱想，加快步伐往家走。

天边的红霞汹涌地烧了一整个傍晚，此时终于火力不济，安静下来。

8

在经历了一整夜的胡思乱想和一整天的心不在焉之后，好运并没有在傍晚如期而至。

梅志新曾经住过的那块地方是一片由低矮平房挤成的社区。在将近三十年的时间里大概没有太多变化，周卫星和武青清一走到这里就感受到扑面而来的衰老气息。历史常常厚此薄彼，有时候跑得飞快，有时候又静默缓慢。他们能够想象，除了变得更加热闹与陈旧之外，这里几乎没有任何进化和更新。

李向阳并没能提供一个确凿的门牌地址供他们寻找。而两个十几岁的少男少女也没有勇气挨家挨户敲门去问："请问你认识一个姓梅的疯女人吗?"

不知道是不是因为这种漫无目的的逡巡让人感觉挫败,周卫星觉得今天的武青清从一开始就有些不太对劲。在昨天分别的那个路口,他依稀觉得武青清已经扔掉了平素穿在身上的那件坚硬盔甲。但仿佛只过了一夜,她又重新把自己全副武装了起来。

周卫星不知道应该怎么样跟一个其实不太熟的女生开口聊这件事,于是就这么绕着七弯八拐的老社区又徘徊了很久。

时间过去,毫无进展。武青清越来越焦虑不安,不愿久留。她提出一个建议,可以离开这里远程操作:"你还记得吗?当时梅志新是用一个假消息制造了跟李向阳相处的机会。咱们也可以用同样的方法啊!比如说,找一个什么理由,给每家每户寄一封信,说要做调查什么的,可以在里面隐藏跟梅志新有关的问题。"

听到武青清的建议,周卫星想了想,摇摇头。一个更为现实的问题脱口而出:"可是,我们耗不起啊!李向阳那边时间那么紧迫,如果要用这个方法搜集到结果,那要等到猴年马月了。"

他说的确实在理,武青清低头不说话了。

"不过,照着这个思路想,倒是有个别的办法!"

武青清抬头看他,有些讶异。

"不用那么被动的。这种小社区,邻里之间大概都很熟悉吧?我们其实只要找到一个谁都认识的人不就好了吗?比如,这里的居委会主任什么的,编个理由让他帮我们找找人?"

"嗯……"周卫星的建议让武青清的脸上浮现出一种惶恐为难的神色来,"你说的……倒也没错……"

"怎么了?"

"其实,今天我是想了很久才下定决心陪你来这里的。以前我妈带着我在这个社区里短暂地住过一阵子。怎么说呢,我熟悉这个地方,但也厌恶这个地方。"武青清似乎有难言之隐,连这段话都是想了很久才说出口。

"那不是更好了嘛!你早说呀,有熟人,这事儿就简单了呀!"周卫星察觉到了武青清言语里的那些畏惧、犹豫和苦涩。但正因为如此,他才只能用更加轻松愉快、毫不在意的语气轻轻带过。

武青清可能生气地指责他不了解状况,说清楚她的隐衷;也可能把心里那份苦咽进去,陪他一起嘻嘻哈哈地走完今天的寻找路程。

对于十七岁的周卫星来说,无论是哪种可能,都好过像现在这样手足无措地面对着一个满面心事的女同学。

但武青清的反应在周卫星的意料之外。她轻轻叹了口气,然后挂起一个勉强又苦涩的笑容,加快了脚步,走到周卫星前面,开始带路,仿佛把周卫星的玩笑话认认真真地当作了一个要求。

于是他微微地愣住,反而不知道该说什么好了。直到她已经在前面走远,这才叹了口气,跟上去。

"你觉得,梅志新真的一点也不恨李向阳吗?"她忽然这样问,打破了两人之间坚固的沉默。

"这……"

"虽然他的信里是那样写,但是你呢?你怎么想?如果很喜欢一个人,就真的不管对方做了什么都可以原谅吗?"

周卫星沉思了很久才回答她:"当时的状况,我没法儿想象,所以也说不清楚。不过我总觉得,如果信里说的一切都是真的,那么梅志新的心里其实什么都明白的吧?我的意思是,如果真的那么喜欢一个人,多少能够猜到对方的心思吧,也一定会包容对方的错误吧?你有没有觉得,在梅志新选择跟李向阳在一起的时候,其实就已经预计到了他会做那样的选择?否则,在知道自己被背叛的时候,多少都是会震惊和难过的,不可能像信里写的那样,从一开始就笑着包容吧?"

"你说的……有道理……"武青清若有所思。

"我也只是瞎猜啦!"周卫星不好意思地笑了笑,"我其实一早就打定主意,就算没有找到梅志新,也要写一封信告诉李向阳,说他的心愿已经达成,好让他能够安心离开。因为我总觉得,有心结的其实从来都不是梅志新,而是李向阳。梅志新从头到尾都明白一切,只是李向阳并不自信、并不确定。他需要的那个原谅其实一直都在那里,但他大概一定要听到梅志新亲口说出来才甘心。"

"嗯,大概是吧。"

"所以虽然希望渺茫,但我们还是要试一试去找到梅志新啊!"周卫星笑了,露出两颗洁白的虎牙,"走吧,去找这里的居委会大妈问问!"

"嗯……"武青清也用力地点点头,"哎,别走那么快啊!你方向走反了啦!"

武青清在千回百转的小路上毫不犹疑地带路。周卫星看着她的背影,一直悬着的心终于落了下来。总算又能够像昨天那样聊天了。于是,刚才没敢深想下去的疑问开始有胆量显山露水了:她和她妈妈,以前在这个贫民窟一样的地方,究竟有过怎样不堪回首的往事呢?她们将来会搬到北京那种大城市去,想想其中的落差也真是挺传奇的。不知道这背后有多少复杂的故事,不知道她心里究竟是怎么想的呢?

这疑问当然没有问出口。周卫星的心里始终悬着一把尺,时刻测量着他和武青清之间的距离。潜意识里,他觉得自己不能跟武青清走得太近。

没有原因,只是直觉,或者习惯。

"走吧。"武青清打断了周卫星的胡思乱想。她像是下了很大的决心,率先迈步,走进那个狭窄的居委会办公室木门。

像是跨入了一个有去无回的时空黑洞。

周卫星略微迟疑，跟了进去。

9

离开居委会的时候，两个人又一次陷入了沉默。而这一次的沉默，跟昨天去往图书馆那条路上的无言尴尬全然不同。只不过隔了一个晚上，这沉默之中就忽然生长出了绵密厚重的千言万语来。周卫星偷偷瞥着武青清的脸。白皙、光滑，鼻尖翘起一个天然的可爱弧度。他看不出她在想什么。

周卫星的计划原本毫无破绽，但却因为一个突然的变故而全盘失败。

居委会的王大妈看到两个年轻人来找她的时候，其实是开心的。虽然在认出武青清之后她的脸色变得意味悠长了起来，但她始终是愿意倾听这两个中学生来给她讲那个需要她帮忙的"课外作业"的。这个年纪的居委会大妈，原本就把每一次漫无边际的闲聊当作人生的全部意义。如果有着两个青春的脸庞陪伴在侧，说一说她不知道的新鲜事物，求她讲一讲七零八碎的人生经验，那就更是无上的满足。

一边承诺着"现在的年轻人愿意像你们这么认真的可不多咯，我一定会帮你们这个忙的"，一边翻找着社区的人口资料，嘟囔着"不过梅这么少见的姓，如果真有这么个人的话，我应该是不会忘记的"。在忙碌的间隙里，还不忘严厉地瞥一眼两人，质问说："你们两个，在一个小组完成作业当然好，不过毕竟是这么大的人了，可不敢在一起待到太晚啊！"

武青清和周卫星凑上前去帮她翻找资料，表现得像一对模范乖孙，温顺而又羞涩地附和着她的话。

他们觉得大概事情会这样顺畅平静地进行下去。但他们忽略掉的一点是：他们俩在放学时间来到这里，紧跟着的会是一大拨下班回来的居民。首先，无数买了菜回来路过这里的叔叔阿姨看到武青清后露出略显怪异的眼神，然后，她出现了——被他们怀疑是梅志新的那个图书馆老阿姨。

她似乎跟居委会的王大妈是好友，原本是一副乐呵呵的笑脸走进了这里，人还没跨进门就远远听见她打招呼的热切声音。但是一走进门，看到武青清和周卫星，三个人六只眼全都傻了。

老阿姨的愤怒远甚于昨天在图书馆。他们这才领教到原来昨天她的怒吼确实是因为身在图书馆而略有收敛的。她认为这两个狗崽子一定怀抱着一个针对她的巨大阴谋，昨天在图书馆没有得逞之后，今天又偷偷找到她的住地，靠近她最好的朋友。

居委会王大妈的脸色阴晴不定,从震惊慢慢走到了愤怒,于是毫不犹豫地加入了好姐妹的阵营。

少男少女面对着这泼妇骂街的阵仗,完全无力招架。

没有人认识周卫星,于是办公室里嘶吼的叫骂和周围窸窣的嘀咕都指向了武青清,零散地拼凑着她的家庭和过往。对她母亲不本分、不检点的指控,顺理成章地转嫁到了她的头上。他们埋着头,轻轻地、轻轻地,穿过围成一圈的人群,朝着随便什么人少的地方跑去。

周卫星看着武青清微微颤抖的背影,终于理解了为什么今天从一开始她的脸色就那么不对劲。

这当然是她绝不想回来的地方。

自己究竟为什么这么蠢,要等到一切都发生了以后才能反应过来呢?

她究竟在过怎样的生活啊?周卫星忍不住在心里问。她其实什么都没有做啊,可是从社区到学校,这些闲言碎语像是子弹一样戳进她的身体里。她究竟是怎么忍过来的呢?

周卫星有点心疼她。

他那颗光明而又火红的心脏里,第一次涌起这种复杂酸涩的感受。

"谢谢你愿意陪我来这里。"他忍不住开口。

她顿住脚步，于是他得以慢慢走到她身旁。

"也谢谢你，在刚才那些事情以后还愿意跟我走在一起。"她看着他，努力撑出一个笑容来。

"那都不是你的错。真的，你别难过。"带着一丝冲动，说出这样的话。

"我带你去个地方吧。"周卫星的话让武青清的眼睛里闪动起一些异样的、水晶一般的光彩。她忽然开口这样说。

10

刚才图书馆老阿姨忽然间出现的时候，虽然把两人吓个半死，让原本的计划戛然而止，但却带出了一个新的疑问：会不会她真的就是梅志新？如若不然，怎么会这么多信息全都吻合？

武青清说，她有办法问到图书馆老阿姨的背景和往事。

她带着周卫星往前走的这条路，似乎就正通向谜底。

可是，既然她有办法确定那个老阿姨的身份，为什么一直拖到现在、迫不得已的时候才说出来？周卫星的心底里冒出了这样的疑惑。

但武青清好像轻易就看穿了他的心思,这一路上走走停停,用时断时续的对话解释了他心中的那个疑问,也略微地完整了刚才那些窸窸窣窣的流言蜚语。

武青清的家,同这一整片社区、同那个图书馆都有着一丝若有似无的连接。她之所以不愿轻易触碰这道连接,是因为只要她迈开脚步踏进去了,就绝无法毫发不损、全身而退。

武青清的母亲带着她住在这一片拥挤的社区里时,曾经在那个图书馆里短暂地工作。这里距离图书馆不远,是很多同事们长久居住的地方。按理来说,这应该是母亲理想的工作。清闲、不争、稳定,还能以工作的名义接触到烟海般的书籍和知识。但不知为什么,母亲始终还是不满足。她有着奇怪的行为举止和暧昧的人际关系,还从来不跟同事、邻居亲近。终于,在武青清小学快要毕业的那一年,她辞掉了这个费尽心机托尽关系才争取到的工作,离家去了北京。

虽然母亲在那里工作的时间不长,但是却为武青清打开了一扇门,让她知道了有图书馆的存在,让她接触到图书馆里来往的各色人群。

"小敏阿姨一定知道刚才那个老女人的来龙去脉,她在图书馆工作很多年了。但是,我不太愿意去找她。她跟我妈之间,一直都不是很愉快。我跟妈妈在这个社区里这么不受欢迎,多少也跟小敏阿姨有关系。所以,我挺害怕跟她接触的。"武青清低着头这么说。

周卫星于是沉默了。

从学校走到这个社区,再穿过一整片密密麻麻的平房,走到那个小敏阿姨的住所。每向前走一步,她的心里一定都挣扎着想要折返吧?

听着武青清轻描淡写地讲述两个中年女人之间不怀好意的交锋,周卫星的心里默默地涌出些许感激。

武青清带着周卫星来到一个小卖部的门口。这是一处平房,略偏,在这个老社区的最里面,守着这小小片区里的居民过活。这家小卖部是小敏阿姨家里开的,现在由家里年迈的老母亲守着。

老人虽然早已经有些眼花了,但远远就认出了武青清,热情地招呼。

"你们两家不是关系不好吗?"周卫星压低声音问。

"我妈和她女儿关系很差,但是很奇怪,我跟敏奶奶的关系反而变得特别好。就像是……就像是跨过了那两个中年女人,她成了我妈,我成了她女儿。"武青清显然因为老人而放松下来。她跟老人热切地招呼之后,说出了自己的来意。

平房商住两用,前后被打通,老人向里呼喊:"小敏啊,有人来找你!可是你念叨了很久的人呢!"说完又转向武青清,微微一笑,"你妈在的时候,她们两个闹得满城风雨。可你妈走了以后吧,她没人可以闹了,又怪不自在的。"

武青清听着从里屋传来的咚咚脚步声,有些紧张。知女莫若母,老太太显然很清楚什么话对女儿说最有效。这个小敏阿姨包着一头湿湿的头发就跑了出来,沿路留下了一行细密的水滴。看到面前这对少男少女,她微微一愣,随即面色冷了下来,白了一眼母亲,转身就要回屋去。

"小敏阿姨,你等等。我今天来找你是有点要紧事。"武青清赶忙叫住她。

"你们家的要紧事,跟我有什么关系?"小敏阿姨嘴上毫不客气,但是周卫星注意到她的脚步还是缓了下来。

"这事跟我妈无关,是我自己的事情……"

"当女儿的终于分得清是非黑白,要跟自己的妈撇清关系啦?那我倒要听听你有什么好说的。"她嘴上不停止尖刻的讽刺,但是身体转向,又朝门外小卖部走过来。

周卫星忍不住想笑。她其实是愿意听武青清讲话的,只是嘴上绝对不能认输服软。他猜测着,也许这个小敏阿姨与武青清的母亲之间的故事,也不仅仅是钩心斗角、你死我活这么简单。

武青清见到空隙赶忙抓住,也不理会她的话,径直问出口:"图书馆那个很奇怪的老阿姨,你一定知道她的故事吧?能告诉我吗?"

小敏阿姨的脸上因为这个问题而膨胀出好奇与狐疑。她站定了仔细打量着武青清:"你打听她干吗?"

少男少女望着彼此,都没有说话。周卫星想要开口解释,但是被武青清打断了。

"是……学校里的事情……"她显然不希望周卫星说出实情。

武青清的回答没能让小敏阿姨买账。她不搭腔,奇怪地打量着这一对少男少女。他们被这个中年女人看得心虚发毛,交换着眼色,依然不知道如何是好。小敏阿姨于是冷哼一声,一副"原来如此"的神情。

武青清声音颤抖地又把刚才搪塞居委会王大妈的话冲小敏阿姨说了一遍。但她显然并不相信这一番说辞,斜睨着武青清,忽然吐出一句:"你还真不愧是她的女儿啊,年纪轻轻就这么有手段了。"

周卫星皱了皱眉。他隐隐能够明白这位阿姨动用起身体、表情和语言在表达什么,但她的招数像是化骨绵掌,一招过来,只让人感觉到吃了闷亏,却完全不知道该如何回击。他想要拉起武青清离开这里。少年的心性,哪里咽得下这种委屈?

但小敏阿姨忽然又开口了:"说吧,你们想知道些什么?就成全你这一次。"她的声音依旧冷冷的,眼神飘向远方,不看他们了。

武青清快要哭出来的脸终于放松:"她……她为什么脾气那么怪?"在高度紧张过后,问出口的,竟然是这么个问题。

小敏阿姨皱着眉,一边用毛巾揉搓着湿漉漉的头发,一边说:"你们是想知道为什么她对书的事情那么刁钻刻薄吧?其实倒也不能完全怪她。她在最好的年头里刚好赶上'文革',书这种东西,对于她来说矛盾得很,又爱又恨。没能正常入学读书对她来说是最大的遗憾。她坚信读书是重要的事情,但她连识字都是三十岁以后自己慢慢学起来的,稍微深一点的书都读不了。所以啊,图书馆里那满架满架的书,对于她来说又珍贵又严肃。对你们狠一点,你们也要理解。你们背地里喊她什么'老阿姨'啊,'怪老太'啊,大概以为她是我妈那辈儿的人吧。其实她比我大不了多少。"

周卫星和武青清听完面面相觑。

年龄好像对不上了。

"那,她为什么没有家庭、没有儿女呢?"

"谁说她没有?"小敏阿姨惊讶至极,"她还有过不止一个家庭呢,前后结过两次婚,有两个孩子,一男一女。只是,你们也能想象吧,她那样的怪人,谁受得了她。两个老公都跟她离婚了,儿女也不愿意跟她。"

"就这样?"周卫星显然失望至极。

"不然你们希望是怎么样?真以为世界上有那么多传奇故事好听啊?"她冷漠的脸上又露出嘲讽的神色来,"你们满意了?"

"谢谢阿姨,那我们先走了。敏奶奶再见。"小敏阿姨带着攻击力的言语又让武青清全身的肌肉都紧张起来,她拽着周卫星就要走。

周卫星瞪了一眼小敏阿姨，走得比武青清还要快。

"下次想听浪漫爱情故事就直说！来找我，我这可有一箩筐呢！"那个带着嘲讽的冷漠声音在他们身后大喊。

武青清拉住他，领他走相反的路。

"后面的路也通，更快。"

他们没能更快地离开这里。跑了几步，就骤然停下。

刚刚绕到小卖部背后那条路上，周卫星因为震惊而驻足："这是什么？！"

小敏阿姨家背后老旧的砖墙上，被认认真真地用粉笔涂抹上了一幅巨大的画。

是路飞海贼团前六名成员的背影。从左到右依次是索隆、乔巴、乌索布、路飞、娜美、香吉士。他们都高高地举起左手，手臂上画着一个黑色的叉。

周卫星记得那个画面。

在那一话里，路飞一行人解决了阿拉巴斯坦的危机，要跟薇薇公主告别，踏上新的航线。在一起经历了九死一生之后，薇薇公主要留下来帮助自己的国家重建，不能跟路飞一行人继续冒险了。伤感的别离场面太做作，他们省略了所有告别的仪式。但是，在海盗船开走、一切已经成为定局之后，小伙伴们站在甲板上，用手臂上这个曾经共享的秘密符号来表达自己的思念和情感。他们在无声中告诉薇薇公主：虽然你以后不再在我们的身边，但我们永远都是伙伴。

当初看到漫画时的热血和激动在一瞬间全部复活。

"这里……这里怎么会有这个……"此时天色已然昏黄，但这幅画在这个北方老旧的住宅区里显得格外突出而耀眼。周卫星结结巴巴，感觉浑身都在微微发抖。

"是……我画的……"武青清低着头，轻声说。

周卫星瞪着她，不敢相信。

"小敏阿姨工作生活都挺忙，我就老来陪敏奶奶说说话。她那么长的人生，我那么短的人生，没想到都不经聊。所以后来我就给她讲故事。我每看完一话《海贼王》，就来讲给她听。她虽然不知道路飞长什么样子，不知道'乌索'在日语里是骗人的意思，不知道为什么索隆会有绿色的头发，但她跟我们一样知道路飞这群人一路以来的冒险呢！所以，她很愿意我帮她在墙上画下路飞他们的样子。"

周卫星依然那么震惊地瞪着武青清，黄昏微微的暗调里，一双黑色的眸子显得特别亮。

"所以，你能理解当我知道你为了《海贼王》而打败老牛的时候，我心里有多么激动了吧。"武青清的声音更低更淡了。

沉默，代替了千言万语在两人间蔓延开来。

周卫星不自然地清了清喉咙:"喂,那个,你知不知道台湾出了个新歌手叫周杰伦?他的歌特别厉害!我明天把他的磁带带给你吧,你肯定也会喜欢的。"

"哦,好啊!"武青清的嘴边浮上来一个淡淡的微笑。

11

周四的早上,周卫星把周杰伦的磁带装在了随身听里,晃荡着去了学校。

昨天放学的路上,他大胆地提出了一个建议。城市里的生活毕竟繁杂快速、变数太多。这大概是为什么他们虽然手握着李向阳提供的线索,但仍旧没有什么收获,甚至没能找到一个认识梅志新的人。可是,如果在遥远的深山里呢?那里时光缓慢、岁月静好,一定有人记得二十多年前那对奇怪的闯入者吧。

只是,对于两个高中学生来说,需要搭乘长途汽车才能到达的地方实在是太遥远。这不是撒个小谎、错过一次晚饭就能够蒙混过去的事情。

周卫星原本计划在放学的路上把随身听递给武青清。这样,合计完这次远行的细节之后也不必进行多余的聊天。武青清可以塞着耳机听音乐。

周卫星心里微微害怕着的是，他们会慢慢地把那突然碰撞出来的亲近发展下去。那种一见如故的亲密让他又惊喜又害怕。他不忍跟武青清划清界限回到以前那种疏离里，却也不愿再往前踏一步走得更近。

但是，所有这些计划与心思都没能顺利地进展下去。

早读课的铃声响起之后没有多久，老牛就出现在周卫星班门口，嘴角是抑制不住的嘲讽和笑意。

"周卫星，你到我办公室来一下。"老牛嘴上对周卫星说话，眼睛却转也不转地死盯着武青清。

于是，他们两人的心都咯噔一沉，忍不住对视了一眼。这细微的眼神交流没有逃过老牛的眼睛，她脸上的笑容更加明显了。那嘴角画出的弧度，活像是一封宣战书。

事实距离那一刻他们心中所恐惧和心虚的相去不远。只是细节更加"狗血"一些。

昨天傍晚，老牛跟他们去了同一个地方。她私下里接了活给学生补习，恰好就在那个社区里。在某个刚刚好的时间点上，她远远地撞见了走在一起的武青清和周卫星。也许是先入为主的成见，也许是昨天傍晚的空气特别暧昧，总之老牛在看到两人的那一刻就断定了两人之间的化学反应,将这场放学后的散步断定成一次性质恶劣的秘密早恋。

清晨的教师办公室,老师们喝茶、读报、吃着早点,时不时有收好了作业的课代表进进出出。老牛一副演戏的神情姿态,一边翻着作业一边数落着周卫星的罪状。在这场添油加醋的描述里,周卫星和武青清的关系显得罪恶又缠绵,而周卫星所有的叛逆和劣迹都与这场早恋脱不开关系。

办公室里其他的老师们都乐得早餐时间多一场免费大戏。

周卫星当然明白老牛早就虎视眈眈,只等着什么时候抓住他的任何把柄,然后好好报复一通。因为早就做好了这样的心理准备,所以在短暂的慌乱之后,他很快就镇定下来。他冷冷地等着老牛发泄,打算等她完成这一番滑稽的表演再冷冷地问她一句:"学校规定了男生和女生放学不能一起走吗?那照这个标准,如果你老公跟班上同学多聊两句,是否就成为出轨和猥亵了?"

但不凑巧的是,就在老牛说到兴头上的时候,英语课代表王美笛走进办公室来交作业了。那个瘦削白皙的侧面让周卫星猛地一惊,整个人都僵硬起来。

老牛口中那些关于他和武青清的字字句句,霎时间都变得孔武有力,像是尖刀一样刺在他的心头。

他忽然想起了上一次出现这样的感觉,是什么样的情景。

高一的第一节英语课。带他们的老师是刚离开师范大学校门没有多久的青年教师，对这个职位充满了热情和幻想。她提议，想要当英语课代表的人毛遂自荐，每个人上讲台说一段英文的自我介绍和竞选宣言。

在一片磕磕巴巴、中文腔调十足的言语中，王美笛冷静从容地上台去，声音没有一丝颤抖或者卡壳，流利地讲出了一大段的英文。周卫星自诩英语成绩不错，但竟然有好多话都没能听懂。后来，英语老师说，她讲的是流利的英国伦敦口音，遣词用句都非常地道。

王美笛在整段演说中都目不斜视地看着前方。周卫星于是忍不住盯着她的脸看，觉得在那颗脑袋里面藏了很多神秘又美好的事情。似乎是察觉到了周卫星热切的注视，在快要讲完的时候，她迎上周卫星的目光，与他四目交接。她明亮清澈的大眼睛似乎瞬间让空气通了电，周卫星觉得自己的心脏在那一刻猛地跳跃，整个人都僵硬起来。

王美笛演说完毕，走回座位，路过他的身旁。周卫星闻到了她身上的淡淡花香。

他忽然就脸红了。

那一缕花香与那几秒钟的目光，似乎带着魔法，偷偷在周卫星的心底里种下了一颗种子，让他在之后这漫长的两年里都偷偷地关注着王美笛。

对一个人的瞩目是件神奇的事情，它能够把你眼里的那个人偷偷地变成你的习惯、你的印记、你的爱恋。

那个早上，王美笛走进教师办公室，听到老牛夸张地描述着周卫星与武青清是如何早恋约会、不知羞耻。她没有多说什么，只是淡淡地瞥了一眼周卫星，然后又回复到以往的平静中，转身离开。

同样是被她看了一眼，但此刻周卫星却觉得整颗心都凉到了底。

他的大脑在一瞬间被羞愧和懊悔占满，再也听不到老牛絮絮叨叨说了些什么，更不要说按照原计划奋起反击了。

整颗心里涌起来的都是四个字：该怎么办？

牛老师当然知道并不能用昨晚看到的事情把周卫星怎么样。所以，在她发泄完毕之后，周卫星被放回教室去上第一节课。

浑浑噩噩地走回教室，脑海里盘旋着的还是那四个字：该怎么办？他完全无暇顾及武青清关切、询问的目光。

周四早上的第一堂课恰恰是英语课，作为英语课代表的王美笛上台领读课文。魂不守舍的周卫星慌慌张张地在书包里翻找课本，不敢抬头看站在讲台上的她。然后，哐当一声，掉出来一个随身听。随身听落地后弹开，里面的磁带也掉了出来，是周杰伦的脸。

众人的目光被吸引过来。周卫星一面慌张地收拾东西，一面忍不住回头看了一眼武青清。她也正在看着他。

犹如触电一般地收回了目光，又忍不住瞟一眼台上的王美笛。

谁知道她读课文的嘴并不停下,眼睛却把这两人的目光交会尽收眼底。

周卫星觉得自己的心底涌起一股冲动,想要冲上台去,打断王美笛的朗读,把她拉到无人的操场上去,把一切都说清楚。

如果当初选择把李向阳的故事与她而不是武青清分享,现在的局面会不会就完全不同了呢?

周卫星又瞟了一眼台上的王美笛。她已经不再看他,专心领读。

于是,他忍不住回过头,瞪了武青清一眼。

只不过一个眼神,却像是一双尖刀,狠狠地刺瞎了她。

12

那封旧信上似乎粘着千丝万缕的蛛网。随着它的出现,青春期里所有形迹可疑的证据全部都一点一点浮出水面。

周卫星找到了那盘曾经被他无比珍视的磁带,卡在磁带盒里的还有一张皱巴巴的、褪了色的小纸条。字条上娟秀的字迹还看得清晰。

"谢谢你前天跟我说的话,我会永远记在心里。跟你一起找人的这几天我很开心。虽然你大概打算放弃了，但我还是想按照我们当初的计划继续把全程走完。不是为了你或者李向阳，是为我自己。"

署名的那个名字好刺眼。

武青清。

周卫星于是就想起了藏在这盘磁带背后的那个从来没能兑现的承诺。

他离开这里去读大学之后，父母把家里重新装修。他卧室里所有被认为是"杂物"的东西，全都被装进纸箱堆在地下室里。

回忆如此暗不见光，是否也与所有的信物都被封锁有关？

日记、闲书、模型、磁带、随身听，全都蒙上了厚厚的灰尘。

所幸，装上两节五号电池，那些历经沧桑的声音信号又重新被还原。磁带正好从《龙卷风》那首歌开始播放。

"爱像一阵风，吹完它就走。这样的节奏，谁都无可奈何。"

磁带的封面上，周杰伦悬空浮在一个造型怪异的沙发上面。

新世纪开始的时候，用中文玩音乐的人里，没有人像他这样写歌，没有人像他这样唱歌。

2000年的冬天，周卫星第一次在电台里听到周杰伦的歌时，DJ播的正好就是这首歌。

无聊、规律又漫长的中学时期里，周卫星早就养成了能够一边听着情感节目里荒诞可笑的感情故事，一边写物理作业的本事。但是那首歌的前奏刚一响起,周杰伦一开口,他就抑制不住地停了笔。

明明知道收音机不过是个接收信号再还原成声波的机械装备,但周卫星在那个晚上的那一刻仍旧忍不住盯着它发呆,一个人在窄小的卧室里点头顿腿地跟着歌曲打拍子。

那年冬天,定居在上海的远房亲戚要回老家来过年,客气地问老家人想要什么礼物。周卫星用上了冲锋陷阵般的勇猛,抹开所有的骄傲与害羞,开口要求了一盘周杰伦的磁带。

那时候爸爸跟他开玩笑说:"那给你买了磁带,今年的压岁钱可就全都没有了啊?"

周卫星仔细地想了几秒钟,然后看着爸爸郑重地点头。

这不是一个容易的决定。但对于那时候的周卫星来说,那盘磁带真的就有那么重要。

就是这样一盘小心翼翼珍藏起来的磁带,周卫星在某一个夏日的黄昏里,一时热血冲脑,对某一个女生说:"你知不知道台湾出了一个新歌手叫周杰伦?他的歌特别厉害,我明天把他的磁带带给你吧,你肯定也会喜欢的。"

究竟,这成了一个永远都没能兑现的承诺。

周卫星不确定在周杰伦红遍全中国以后,那个女生有没有想起过他曾经说的这句话,然后找来那张专辑仔细地听一遍。

但他能够确知的是,即使她在后来的年月里找到盘一模一样的磁带，鼓膜里回荡着一模一样吐字不清的歌声，她胸腔里所能够感受到的震动也一定不一样。

如果当时他能够再勇敢一点，也许这个世界上会多一个人，能够像他一样在最需要救赎的青春期里因为货真价实地闪耀着的才华而被安慰。

"不知不觉，你已经离开我。不知不觉，我跟了这节奏。后知后觉，又过了一个秋。后知后觉，该好好生活。"

周杰伦继续唱。

结尾轻缓抒情吟唱着的段落，周杰伦的歌声忽然变得又粗又慢、被无限扭曲。

磁带消磁或者变脏了。

如果时间有痕迹，这大概就是吧。

13

从那个周四的早上，一直到周五的中午，周卫星都没有再跟武青清讲一句话。他并不是忽然地就开始讨厌她了。只是，他不想让王美笛或者任何人看到哪怕一丝丝他跟武青清的接近。跟"大猩猩"

武青清接触之前就在恐惧担心着的事情，终于全面爆发，朝着最坏的方向溃烂开来。

他们在每个放学后偷偷摸摸的会聚不仅没能让他跟她划清界限，反而成了他们有着暧昧关系的确凿证据。

周卫星甚至怀疑，那个奸诈狡猾、跟学生锱铢必较的老牛根本没有打算拿早恋的幌子来惩罚他。她做了这么多年的教师，比谁都清楚流言蜚语对这些年轻灵魂的杀伤力。从一开始，这就是她的武器、她的子弹吧。

但是此刻他根本没有心思去盘算复仇的计划。这些一点都不重要了。重要的是，怎么才能让王美笛不要误会自己呢？

要不然，跟她表白吧？

周卫星原本打算偷偷地在志愿表上填跟王美笛一样的学校，然后等到放榜的时候假装巧合地说："你也去了那个大学啊？真的好巧啊，高中三年也没怎么说过话，要不一起吃顿饭认识一下？"

但是事已至此，所有美好的原计划都已经泡汤。如今已成为落汤鸡的周卫星，只想用尽全力让自己在王美笛的面前看起来不那么狼狈。

周四一整天，武青清识趣地没有来烦他，他们也没有再探讨什么寻找的计划。直到周五上午的课间，武青清才又像周二早上那样若无其事地悄悄丢给他一张纸条。只是这一次，周卫星失去了两人之间所有的默契。他像是接到了一颗微型炸弹，全身的汗毛都因为紧张而竖了起来。他紧紧地把那张纸条揉在拳心，迅速地丢到了书包的最里层，生怕被任何人看到这一幕。

无论是眼神和念想，他都刻意避开武青清，用尽所有心思盘算着该怎么对王美笛表白。

于是，直到周五的晚上，回到家里开始收拾书包的时候，才看到那张滚落出来的小纸条。

纸条已经皱成一团。

周卫星知道那是什么。他心情略有些复杂地展开来看。

"谢谢你前天跟我说的话，我会永远记在心里。跟你一起找人的这几天我很开心。虽然你大概打算放弃了，但我还是想按照我们当初的计划继续把全程走完。不是为了你或者李向阳，是为我自己。"

前天，跟她说过什么呢？

那一天，他们去了一个老旧的社区，确认了图书馆怪阿姨的身份。是了，那一天，武青清为了帮他，不得不面对一些难堪的言语。然后，他安慰她说："那都不是你的错。"

整颗心脏在一瞬间抽紧。

他周卫星和王美笛之间的单恋纠葛，又何尝是武青清的错？她不过是好心帮他了一次罢了。这么急切和彻底地划清界限，让她无辜地承受所有的后果，实在让自己显得胆小又卑劣。

周卫星的心在那个瞬间犹疑松动,充满了愧疚和自责。

这是一个看不到关卡的考验,试探着他周卫星的人格和操守。他怎么能在这种情况下还满心只想着自己,去策划什么表白行动呢?

周卫星叹了口气,开始收拾行李,准备明天的远行。

14

下定了决心的周卫星还是在那个周六的上午睡过了头。大概潜意识里始终在抗拒着这次前途未卜的远行吧。

在提议这趟旅程的那个傍晚,他们曾经顺便打听过那个山中村落。从他们所在的城市坐长途大巴要将近两个小时才会到。即使一切顺利,他大概也无法赶上今天的最后一班车从崇山峻岭中回来了。

强忍住内心的惶惶不安,跟父母说去同学家一起为了期中考复习,晚上可能不回来。虽然明知道这样的谎言持续不了太久,但此时他只想赶快上路。至于之后有多少难堪需要收拾,待明天再说吧。

试想一下,人又有多少次机会可以真正今朝有酒今朝醉地活着呢?在十几岁的时候,让自己这样疯一次吧,反正也是命运找上门来的。出了差池,大概也可以说不是自己的责任。周卫星这样安慰自己。

小城市的长途车站,没有太多的离愁别绪,看起来像是个仓皇又陈旧的临时中转站。周卫星去看发车时刻表。从这里去那里的客车每天只有一班,在半个小时后发车。周卫星于是猜测武青清这时候一定也在车站,或许是远远看到他来,就躲了起来。

买了票后,装作不经意地在车站晃悠,没有看到武青清。

发车时间,早早坐在长途汽车的最后一排,依然没有看到武青清。

周卫星又跑到最前头去问了问司机,确认了这的确是每天唯一的一班客车,于是只好怀着满腹的猜疑与不安回到自己的座位。究竟是她最终决定了不再理会跟周卫星有关的一切,重新回到一个中学女生的正常生活里去了,还是在独自踏上征途的路上出了什么岔子呢?他想不通。

汽车开出了破烂的小城车站,开过了这座城里的大路小道,从周卫星甚少踏足的环城公路开到了他从未见过的敞亮国道上。

道路两旁挺拔的白杨树遮挡不住大片大片洒下来的阳光。城市之外,这片土地才终于舒展出属于北国的气息。

武青清究竟去了哪里呢?

这个问题,就跟梅志新究竟在哪里一样神秘。

汽车爬上了盘山路。

周卫星计划，如果在哪都找不到武青清的话，就自己一个人把这次寻人的任务完成，一切结束以后再回去打听她的这个周末过得如何。或许也可以试着跟她说一声谢谢或者对不起。

无论如何，这也算是一个句点、一个再见了吧？

他正这么想着，车窗外忽然掠过一个熟悉的背影。

是一个女孩，留着长发，比一般同年龄的女生要高一点、胖一点，背着一个塞得满满的大书包，在盘山公路上艰难地步行着。

武青清？

但下意识地就把这个念头否定了，因为：怎么可能？

扒开车窗回头看，大风猛地灌进来，这才明白为什么她看起来行走得那么艰难。

车开得快，很快就看不到那个小小的人影了。

周卫星当下脑袋一片空白，他抓起书包冲到汽车前头，只顾得上跟司机喊："师傅，停下车！"

司机觉得古怪，警告他，这荒郊野岭的，不安全。但他哪里有耐心仔细听劝，急急忙忙冲下车，丢下一句"稍微等我下"，也不顾司机是什么反应，就沿着原路跑了回去。

北方的山风像浪头一样打在周卫星的身上。但他像是忽然获得了举世无双的力量和勇气，一定要跑到那人面前确认她的身份。

"武青清?"周卫星迎着风靠近她,试探着喊道。

对面的女孩抬起头,当然是她。

周卫星难以形容那一刻武青清眼里盛放着的情绪。她开心吗?难过吗?意外吗?委屈吗?怨恨吗?好像都不是,又好像都有一点。

他们像是饥荒年代中失散了十年的亲人,在最最出其不意的场景里重逢,朝彼此跑过去,似乎想要热切地倾诉。然后,真真切切地看到了对方的脸庞以后才发现,时间已经在彼此之间筑下了坚固的屏障,让他们都只能把千言万语哽在喉间。

明明在几天之前才在一起热切地讨论《海贼王》,约定要一起听周杰伦的歌,揣摩图书馆怪阿姨的身世秘密,但是此时此刻却只能用满腔的尴尬吐出一句:"你怎么在这?"

青春就是这么奇怪的东西。

他们没有长途远行的经验,都没想到车站每天发车的班次可能很有限。武青清一大早就起床,到达车站的时候距离发车时间还有三个多小时。她心急如焚,如果等待正常的班车,是不可能在当天走一个来回的。走出车站问了一圈拉活儿的私家车,愿意跑那个小山村的车少得出奇,偶尔碰到一两辆也是要价过高,武青清付不起。

就在她准备放弃计划打道回府的时候,有一个姓马的司机听闻了武青清要去的地方,主动来找到她,说自己家也在那个方向,如果今天没有拉到活儿的话,下午可以捎她去村子里,算便宜一点。

但是武青清哪里等得到下午？软磨硬泡之后，马司机终于被她说动。在这里闲着也是闲着，不如捎她一程，就当为了中午回家吃顿热饭。

即使是在学校里被称作"大猩猩"的少女，对于疲惫的中年人来说也具有别样的魔力。武青清让那个已为人父的司机心软，如愿踏上了寻找的路程。

但是，走到一半，汽车在盘山公路上奋力爬坡的时候，马司机接到一通电话。有同行通知他说车站来了一票大买卖。有个外地来的旅行团来这里旅游，他们要去的地方正是司机和武青清的目的地。人家大城市来的人，不愿意在汽车站干等两个小时去坐大巴车，于是跟车站门口揽活儿的私家车商量说要包车。这种生意，司机们当然抢着干，本来轮不到已经离开的马司机。但是他为人向来不错，与大家关系都好，有人为了让他也能分一杯羹，告诉旅行团说有个司机就是那个村子里的居民，不仅可以带路还能帮他们做地陪。如果他们愿意的话，可以稍等这位马司机。

拉一趟人，挣双份钱，这当然让马司机心动。他当下决定，带上武青清掉头回城。可是这倔强的少女哪里会愿意，死缠烂打也无用之后，武青清赌气说不回去了，让马司机放自己下车，她哪怕走也要走到目的地。

马司机一心念叨着生计，绝尘而去。

没有想到的是，在崎岖的公路上，武青清等到的勇士是周卫星。

两人在扭捏和尴尬之中沟通完这前后始末，送周卫星来的客车早已不见了踪影。他们站在大风呼啸的山路上面面相觑，一时间有点不知道如何是好。

"对不起，我又把你的计划搞砸了。"武青清说。

两个人只能暂时迎着山风往前走。一个"又"字狠狠地戳在周卫星胸口。她难道看出来了自己对王美笛的心思和计划吗？

"你是不是……喜欢王美笛？"武青清忽然问，像是在回应着他心底里的那个小小疑问。

大概是宽阔的视野和山风让两人之间的那份距离显得微不足道了吧，周卫星很惊讶，武青清居然会问这样的问题。

他在那个瞬间变得结巴了。他不知道该如何回答。按理来说，他难道不是应该很肯定地说"是"吗？但是不知道为什么，他开始犹疑起来。那些平淡无奇的眼神交会、那些辗转反侧的单相思，真的就是"喜欢"了吗？

周卫星有些退缩。

身旁的大山静默无言。

"你也不用害羞啦，路飞！"武青清又努力做出那种俏皮的语气，"男生喜欢她也是很正常的事情吧。她那么瘦、那么白、那么有气质，英语又讲得好，天生的梦中情人啦！"

"也不是那样的啦……"周卫星下意识地就开始反驳，"喜欢一个人，不是因为那样肤浅的理由吧？如果喜欢谁只是因为她很厉害的话，那去找个偶像来崇拜不就好啦？"

"那么，你为什么会喜欢她呢？"

周卫星一边走，一边静静地想了想，这才开口："喜欢一个人，是一件秘密又神圣的事情吧？世界上那么多那么多人，偏偏是你们俩遇到了，而且还在人群中注意到了对方，这本来就是一件很神奇的事情。在注意到那个人之后，又喜欢上她，一定不会那么顺理成章的。总得要有一些只发生在你们两个人之间的神秘瞬间，'喜欢'这件事才能开始吧？"

周卫星想到了那个午后的英语课。阳光让王美笛洁白的皮肤泛起微微的透明感，那一瞬间的她，很像一个圣洁的女神，遥远不可侵犯。但是，在她跟周卫星四目交接的刹那，却将心底的一丝丝紧张流露出来。看起来那么冷静的她，原来其实在心底是有着些微紧张的吗？

但是为什么，她只把这心底微微的脆弱透露给他知道呢？

这个问题，像是一株藤蔓，缠绕住了周卫星的心。它缓慢地生长，最终让他不可自抑地关注着这两年多来王美笛的一举一动、点点滴滴。

到如今，那个"为什么"，早已经轻得微不足道了。但沉淀下来的那份挂牵，却重得再也稀释不掉了。

周卫星转头去看武青清,发现她也陷入了沉思。

此时此刻,她心里在想着的是谁呢?

那个跟她分享着同一个神秘瞬间的人,是谁呢?

周卫星忽然有点好奇。

身后响起汽车鸣笛的喇叭声,打断了两人之间淡淡的尴尬。

马司机带着一车游客回来了。他当然不放心抛下这么一个年轻的女孩在山路上独行,一路上都惴惴不安,开得极快,就是希望能够早点追上武青清。

几辆四座轿车上都没有了他们的位置,两个人被安排到了放置旅行团行李的皮卡后车厢里。

吹风看景,也别是一番体会。

两个人像是突然有了默契,这一路上都不再说话,甚至不再看对方一眼。

15

那个被李向阳形容为世外桃源的山中小村落，此时正在大兴土木，要被开发成本地具有代表性的旅游景区。四处都挂起了横幅，用各式各样的标语激励当地居民，渲染出一个富庶欢乐的未来。马司机正是在这样的背景里，先知先觉地干起了司机兼地陪的先锋。而那一大群外地游客，据说是什么旅游爱好者，听说了这里要兴建旅游景区的消息以后专程来到这里，希望抓住最后的机会体验这里即将不复存在的原生态生活。

他们这才明白政府要兴建旅游风景区并不是脑袋一热的决定。这个存活于北方大山之间的小村落，早就已经声名在外了。

这一天，这个深山里的小村落忽然之间就酝酿出了前所未有的狂欢氛围来。一队忽然闯入的游客自不必说，本来就是为了体验和娱乐。而村民们也被这第一批到来的游客所鼓舞，真的开始期待起即将到来的美好生活了。两队人马，分别为了结束和开始而庆祝在一起，竟也出奇地和谐。两个计划外的少男少女被裹挟在这绝不应该属于高中生的燥热气息里，有些七上八下，融入和抽离都显得不合时宜。

周卫星偷偷跟武青清说："我们真是赶上了好时候，我觉得现在这里的氛围跟李向阳信里说的好像啊！"

武青清淡淡一笑，没说什么。

欢乐终究势不可当，少男少女的扭捏很快就败下阵来。周卫星和武青清迅速被这深山里的自由气息感染，也开始加入到肆意徜徉的大部队里去。

唱歌，跳舞，喝酒，吃肉。

所有的一切对于他们来说都是崭新的。

所以，在被问到为什么会到这里来的时候，周卫星没有多作考虑就说了实话。在这样的氛围里，面对着一群热情温暖的陌生人，再没有比这更合适的选择了。

原本就处在情绪高点上的人群因为这个故事而彻底沸腾起来，外地来的游客们没有料到会在原生态的山区里听闻一场传奇般的爱情故事。他们热烈地张罗着，动员大家在整个村子里寻找年龄合适的老人，让他们帮助拼完整李向阳和梅志新的故事。

这个结果让周卫星也彻底燃烧了起来。这次寻找的旅程，在接连不断的挫败之后，似乎终于迎来了它应该有的高潮。他想要跟武青清分享这份喜悦，但武青清依旧是那张淡然的脸孔，没有太多情绪、表情。周卫星忍不住有些自责，他猜测前两天那些事对她的伤害比自己想象中还要深。

即使怀着一颗这样并不快乐的心，也有始有终坚持要跑来这里吗？周卫星觉得这样的武青清有些可爱，甚至有些可敬。但他没机会用这份心情去重新温暖武青清，因为新的难题排山倒海涌了过来。

费时、费心、费力的张罗之后已经是傍晚时分。众人围坐在篝火边，希望能够在故事中得到升华和满足。

但是，从村里老人的口中得到的，却是一个让人尴尬的答案。拼凑起所有老人的回忆，也没有过这样一对突然闯入的情侣。按理来说，二十多年前这个村落比现在更小，任何的风吹草动都会人尽皆知。如果那件事真的发生过，不可能没有一个人记得的。更有老人不客气地表示，那个故事里说的一切都太美好、太夸张了。在那个特殊年代，"革命"的风刮遍了全中国的每一个角落，这里又哪里能够成为例外？说着，怕众人不信，他指给大家看还没有被擦掉的"文革"标语。

这个结果，像是一盆冰水，浇在了人群的热情之上。围着升起的篝火，大家有好一阵的沉默。周卫星的心怦怦直跳，从大人们的眼神里他读出来了，此时此刻他似乎被当成了那个总是喊"狼来了"的孩子。

映着火光，他跟武青清四目相对。在那一刻，他相信两个人的心中都真诚地希望周边众人皆不存在，世界上只有他们俩。

慢慢地、悄悄地疏离于人群中心，两人滑向山野的黑暗中去。

在他们两人不长的人生里，都没有过这样拥抱广袤黑暗的经历。一书包的课本就是他们生活的全部。

"你对未来有什么打算？"武青清忽然问了这样严肃的问题。

"这个……"

"比如，以后想去哪里读大学？读完大学想要做什么工作？"

这个问题让周卫星忽然想起了王美笛的眼睛。他不知道该如何回答。

"我听说王美笛打算去上海。你呢，也想去上海吗？"

"你怎么知道她要去哪？"

"她啊，那么招人注意的女孩，不用费什么劲就能听到这些事吧。"

想想也是。周卫星不过是因为觉得这件事太过神圣，所以从不过问这些小道消息。他只想着，把成绩升到够高，分数考到够好，到时候无论她去什么学校他都有本事跟着，这就足够了。

"我还没想好呢，倒是你啊，什么时候搬到北京去？"此前周卫星一直刻意地跟武青清保持距离，这是他第一次鼓起勇气问武青清的私事。

"快了吧。其实我妈也打电话来提过好几次了。我一直都拖着，现在就快高三了，可能也拖不了太久了。"

"怎么，你不想去？"

"也不是不想，只是……北京啊……听起来就让人觉得有点害怕呢。"

"害怕什么呀？学校里多少人忌妒你能去北京读高中啊！"

"你呢，想去北京吗？"

"我还没想清楚呢，不过我以后想做跟电脑相关的工作，北京也挺合适的。你呢，以后想做什么？"

"我……想要做跟美有关的事情，比如说设计师啊、化妆师啊什么的。"

"啊……"

"是不是很讽刺啊，大猩猩居然也爱美。"武青清自嘲地笑笑，黑暗中看不清她的表情。

"其实你挺好看的啊……"又一次，忍不住心头的冲动，开口安慰她，又怕这话听起来太像客套的寒暄，补上一句，"我是说真的。"

"谢谢你。"武青清说。

之后，他们在黑暗中又静默地徘徊了一会儿，便重新回到人群中去。

那是周卫星最后一次看到武青清。

16

  短短三天的中秋假期很快结束。回程的火车上,乘客们都在讨论即将到来的国庆假期要怎么过。周卫星像是又回到了孤僻的青春期,塞上耳机望着窗外发呆。他用手机 App 听周杰伦的老歌,一副与世隔绝的样子。

  周围那些打成一片的旅客们,大概在心里默默觉得这个三十多岁的男人做作又古怪吧。

  周卫星这一次没有带什么家乡特产,行李包里多出来的是一封老旧的信。他本想把那盘旧磁带也带上,但后来想想又作罢。在北京这样的大都市,每一个生活的抉择都应该首先计算性价比。拥有一件纯然为了纪念和情绪的物品,太累赘也太奢侈,他负担不起。

  会把李向阳那封离奇的信带在身上,是因为一通电话。宋凯旋在假期结束之前忽然打电话给他,跟他闲扯了一些家乡的旧事。不知道怎么又聊起高中时代,周卫星兴致来了,提了那件从没跟任何人讲过的传奇插曲。宋凯旋显得极有兴趣,让周卫星把那封信带去北京让他看看。周卫星欣然答应。

  信里提到的那个山中村落,周卫星在长大成人之后又回去过。

  为了支持当地的旅游业发展,政府重新修路。现在,从他的故乡小城到那里去已经只需要不到一个小时的路程了。山村的配套设施越来越成熟丰富，但却也让这里变得越来越无聊。驴友们已经不会为了这个地方而不远万里专程跑来了，旅游村成了城里人闲度周末的地方。

周卫星试着回想起少年时的心情，却怎么也无法再把那个山村认作遥远而神秘的存在了。

他曾经感受到的气息，永远地消散了。

就像忽然间消失的武青清。

全都成了一个只存在于私人记忆里的幻象。

周卫星记得，头一天他跟武青清在村落的黑暗里认真地讲了些关于未来和梦想的傻话，然后回到人群中去，再也没有跟彼此聊过一句话。晚上，他们跟驴友们一起，按照性别分了两间房睡去。第二天早上醒来的时候，武青清已经离开了。

村里的人说，她很早就起床，央求马司机把自己送回城里去了。虽然这样不辞而别显得古怪，但周卫星也并没有多想，只以为武青清大概家里临时有事，所以急着早归。直到他回到城里、回到学校，又过了整整一个星期，他才完全弄明白，武青清是不会再回来的了。

那个一直缠绕着她的、关于北京的预言终于实现。

她妈妈把她接走了。

年少的时候，总是习惯性地认为时间会这样日复一日、平静安全地过去。所以，武青清的骤然消失像是当头棒喝，让周卫星连续很久都没能缓过劲来。他隐隐约约感觉到，人生好像并不是他以为的那么流畅自如和理所当然。

那一次的出城历险为周卫星带来了不少麻烦。除了家长老师的训斥责罚以外，最严重的是，他一直恐惧着的事情终于全面爆炸。"周卫星和武青清在秘密恋爱"仿佛成了铁板钉钉的事实。他们两人那次"香艳刺激"的"私奔"也被不断地添油加醋，演变为中学校园里又一桩值得流芳百世的传奇逸事。

奇怪的是，回想起来，周卫星觉得当时的自己并没有那么不安和恐惧。这些负面的情绪仿佛随同着武青清的离开而一起被抽空了。

高考过后，周卫星如愿拿到了可以自由选择学校的高分，王美笛也如传言那般报了一所上海的大学。但是他却最终改变了主意。脑海中预演过无数次的巧遇和相识并没有如期上演，周卫星报了北京的学校。

为什么？

说不清。

回到北京之后，周卫星把那封旧信塞进了随身背的邮差包，再没有拿出来看过。

17

2014年的9月被夹在中秋、国庆一大一小两个假期之间。周卫星负责的这款社交App要为了即将到来的人流涌动而做好准备。宋凯旋也理所当然有自己的工作要忙,整日不见踪影。那封信就像是这一群成年人的青春回忆一样,静静悄悄地躺在邮差包的侧袋里,被随身携带,但不常被想起。那毕竟不是工资单或者午餐券,对于此刻的生活来说,遥远又无用。

所有的大都市都像是洪水猛兽,张着巨大的嘴,吞噬一切细碎微小的个人情绪。在这里,似乎天下一切大事都显得微不足道,随着太阳的升起落下就被抹得干干净净,更何况每个人心底的那些脆弱和坚强。

周卫星在周例会上跟一个新员工起了争执。

他这才知道原来他一直坚定不移的方向早就被悄悄认定是脱节和落伍的了。

周卫星负责的是一款小有名气的手机社交App,最基础的功能是基于地理位置帮助用户认识附近的陌生人。虽然外界一致认定这是一款用来"约炮"的APP,但周卫星却一直坚持开发团队不能抱持这种观念。

即将到来的长假搅动着人潮,伴随着迁徙的是新一轮的陌生人社交。公司团队摩拳擦掌，希望借势发展更多的用户。但是在例会上，周卫星阐释的却是一个南辕北辙的产品方案。

他总觉得，人和人之间的关系不应该是简单直接的"你好，约吗"。人类走到生物链的最顶端，难道还在用最原始的生理本能来社交吗？如果他们做社交类的 App 是为了帮助用户扩大社交圈、丰富人际交往，为什么不尝试更加微妙和精致的可能性呢？

这是周卫星的美好愿望，他当然知道不能直白地一股脑儿倒出来，只能潜移默化地试着改变团队的想法，实现这一理想。如果足够幸运，也许真的有人的生活会因此而有些微的改变。

但是不知道为什么，一个短短的中秋假期改变了周卫星的谋略，他在假期之后的例会上真诚地直述出自己的宏愿。

这希望像是一颗小小的火种，没能照亮整个世界，却引爆了一包炸药。

年轻气盛的后辈不卑不亢地站起来反驳他。

他搬出了"互联网思维"五个金光闪闪的大字，仿佛端着一道圣旨，瞬间站在了讨论的制高点上。

"周哥，你在公司的资历大家都是尊重的。但是咱们就事论事地讲，资历如果成为经验，我们大家都得学着点。可是如果你的资历变成了束缚和累赘，总不能想都不想就带着大家往阴沟里翻吧？我虽然是个新人，但是也正是因为这样，我可能更懂得用户的立场。我们做产品是为了什么？本质上不就是服务用户，能够用我们的 App 满足他们的需求吗？现在时代早就不同了，人和人之间的关系就是这么简单直接，我们为什么要逆着潮流来做事呢？如果往夸张的方向想象一下，如果我们在 iPhone 都出到第六代的时候，突然倡导大家重新去亲手写信，那咱们这种公司又有什么存在的意义呢？文艺青年们偶尔玩玩情调也就算了，可是咱们不能往那条道上走吧？"

从其他人的眼神、脸色、嘀咕里，周卫星知道自己腹背受敌了。

那一天，待在公司会议室里显得特别难熬。也许人在这种时刻就喜欢魂游天外，短暂地避世。周卫星忽然间就想到了李向阳的那封信，想到了"批斗"这两个字。虽然场面和后果绝对无法与四十多年前同日而语，但所有丝丝入扣的细节无时无刻不在反馈着人类党同伐异的本质。

"我充分尊重大家的意见，今天提出这个话题也并没有立刻改变产品路线的意思。只是，你们在座的大多数都刚刚走出大学校门，这个行业的未来是你们的。我带出这场讨论，目的就是让我们所有人都思考一下，我们做产品究竟是为了什么？这份工作对于我们来说究竟意味着什么？互联网行业，应该是最具有激情、创新和想象力的行业，这是属于年轻人的行业。可是，如果你们在二十岁出头的时候，就已经只顾着捡地上的六个便士，不愿意抬头看看天上的月亮，不敢去梦想在这个行业里改变世界，那么这对于你来说永远也就只是一份领工资的工作罢了，不可能成为事业。你们还这么年轻，除了每天满足老板的要求，等着领薪水以外，每天花几乎十个小时待在这里，总得有一点更高更远的目标吧？今天的讨论，其实我觉得很成功。我只是抛砖引玉，希望以后你们每个人都能够提出这样有争议的问题，供大家一起来思考、讨论。"

体面，漂亮。慷慨激昂，扳回一分。

不愧是老江湖。

但戏假情真，有一句话周卫星是认真的。

如果最年轻气盛的时候都不敢梦想去改变世界，那还要等到什么时候？

18

周卫星回到北京一个星期以后，宋凯旋终于来找他拿走了那封信。不过几天时间，信封已经在包里磨得起了毛边儿。他们并没有时间多聊，宋凯旋只说周卫星讲的故事让他想起了以前在家乡的一些经历。

周卫星没有精力去琢磨宋凯旋话里的话，他遵照着父母心底的意愿开始用尽全力跟小乐发展。他们一起吃饭、逛街、看电影。他在每个晚上送她回家，偶尔买一些小礼物让她开心。这些都是一个男朋友的基本责任，在没有确定关系之前，他当然更要努力做好。

父母真的对一个做前台的女孩满意到合不拢嘴吗？五年前大概不会。小乐的父母又会点头认可外省小城来"北漂"的周卫星吗？他不确定。

每个人心底都有一本清清楚楚的账。

洪乐，北京户口，家庭稳定，身体健康，样貌端正，性格有一点内向，但还算聪明，在前台的位置上被锻炼得越发得体。她没有什么野心，大概也没有能力靠着外表挣一份富贵生活。虽然没有什么特别突出的优点，但也没有明显的缺点，是个做妻子的好材料。

周卫星，外省青年，收入中等，没房没车，不烟、不酒、不嫖、不赌。没有耀眼的才华和才干，但好在踏实肯干，在北京混了这么些年，也有些社会基础。不可能带着全家人大富大贵，但如果有岳父岳母帮衬着，在北京过稳定日子倒也不难。

这么一对比，两人倒也真算是登对。

在拥挤的甜品店里看着小乐的脸，周卫星满脑子想的却是这些。他忍不住在心底嘲笑自己。例会上冠冕堂皇地说着月亮与六便士，但实际上，他自己才是碌碌平庸的凡夫俗子。

吃完饭后甜品，电影快要开演。周卫星知道小乐一定是想看高圆圆和谢霆锋谈恋爱，但她体贴地建议周卫星选择吕克·贝松的动作大片。那部据说充满了哲学思辨的动作大片，其实周卫星几个月前就在电脑上看过盗版的了。不过，小乐愿意扮演一个贴心的女伴，他当然应该顺水推舟让这出戏成功演到结尾。

斯嘉丽·约翰逊美丽的身影在银幕上繁忙地奔走逃命。演到激烈处，小乐忍不住朝周卫星的身上靠。他略微地迟疑之后，也就借势抓住了她的手。

心脏跳得很快，但不是因为激情，而是因为终于松了一口气。

他相信小乐大概也是同样的心情。

他们之间的关系总算确定下来。这样，在即将到来的十一长假，无论他们是一起出游还是待在北京逛街吃饭，都显得更加顺理成章了。

望着前方巨大的银幕，周卫星有一瞬间的走神。他在想，一会儿究竟应该像往常一样送小乐回家呢，还是找借口玩到很晚，一起开房把程序走完？

在女主角露西最终变成了一块U盘的时候，周卫星也做出决定要把步调放缓。他虽说已经有些发福，但好歹还没有变成挺着肚子的中年猥琐大叔，忙不迭地要占女伴的便宜。以后的日子还那么长，不留一点戏份儿，以后大眼对着小眼该怎么演下去呢？

他们在长街昏黄的路灯下告别,他吻了她。

19

周一的早上,周卫星的工位上端端正正地摆着一个信封。宋凯旋默默地把信还了回来。似乎是看不过周卫星的邋遢随意,又帮他套上了一个崭新的信封。

周卫星微微一笑,拿起信封准备重新收起来。

但是,捏在指缝之间,他愣住了。

厚度不对。

撇开这一个精致的新信封以外,里面还有别的东西。

周卫星打开看。

那是另一封老旧泛黄的信。

周卫星读得入神,错过了周一早上的例会时间。有同事跑来叫他,却被他粗暴地打断拒绝。

那封信是这样写的。

凯旋哥：

　　收到我的信，你一定很惊讶吧？我也没想到有一天我会写这样一封信给你。

　　你在北京还好吗？这个暑假你说不回来了，我猜你一定越来越喜欢和适应北京了吧？这次过完年你走了以后，又有几个咱们当初的小伙伴也离开了。阿华去了北京，你们应该见过、聊过了吧？铭顺哥带着好几个人去广东了，他们说那边机会多，也不太在乎学历。当初那一群一起从小长到大的小伙伴，只有一直当头儿的你去北京读了大学。其他人如果不是因为有你做榜样，可能连高中都读不下去呢。

　　你们都走了以后，我一个人在学校待着越来越没意思了。你以前总是说让我敞开心扉，多交朋友。但是，我妈最近催得更紧了，说要赶在我高三之前在北京安定下来才行。我已经跟你们说了再见，如果交了新的朋友，那肯定也是会很快就要告别的。我肯定受不了，所以宁愿就一直这么自己一个人往前走。

　　其实，我现在已经愿意接受我妈了，我愿意跟她在北京生活了。我明白她这么做是为了我好。过去的已经过去，她现在尽力想要弥补我，也不应该太过苛责她。这是你以前教给我的。尤其是，现在你也在北京，我还有什么理由不赶快离开这里呢？

　　说起来，有点不好意思，的确是有那么一个小小的理由的。

你去上大学的那一年，我开始读高中。你走了以后，我其实是特别害怕的。以前，有人欺负我，你总会站出来帮我出头。是你让我不再害怕跟陌生人接触，敢跟别人说话，敢跟别人交朋友了。可是，你走了。我一下子像是又回到了以前那种担惊受怕的日子。

有件事我一直没跟你说过，我怕你又动气。刚上高一的时候，班里大家谁都不熟悉谁，有些外号就这样传开了。从那个时候开始，就有人管我叫"大猩猩"了。你知道的，我比别的女生都高一点也胖一点。我不知道该怎么办。骂他们吗？打他们吗？好像都不对。所以我只能低着头，假装没有听到。可是他们叫得更起劲了，快两年了，一直没有停过。

不过呢，有那么一个人，从来不这样叫我。

他像我一样，是个沉默的人。但是我能看出来，他跟我的沉默是不一样的。我不说话，是因为对这个世界有畏惧；而他不爱说话，更多的是带着一种骄傲。

我多么希望有一天能够变成他那样的人啊。看起来，还是一样的沉默，可是不害怕了、不紧张了，可以自然又坚强地跟世界相处了。

我知道我永远都不可能变成你。但是我希望，最最起码，有一天我能够努力地变成他。

他的沉默不像我这样阴沉又拒人于千里之外。他的沉默，是友善的，是温暖的。

有一个瞬间我记得特别清楚。那一次，又有一个男生从我身后经过的时候，不怀好意地拍我的后脑勺，喊我一声"大猩猩"。我低着头不敢说话，但却在不经意的一瞥里看到了他。他依旧沉默着。但是他因为刚才发生在我身上的事情，而微微地皱起了眉头，狠狠地瞪了那个男生一眼。

他自始至终都没有看我一眼，也没有为我说过一句话。但是那一刻，我的心里是暖的。

是个很棒的人吧？

因为一直都跟他在同一个班，你离开以后的校园生活，才显得没有那么艰难和苦涩。

我从来都没有跟他讲过一句话，他大概也毫不在意我的存在。但是说到底，在我的心里他早已经是一个温暖的陌生人，是一个遥远的挚友，是一个美好的梦想了呢。

一直拖着不想要离开这里，也是希望能够再多积攒一天跟他在同一个空间里的回忆。

凯旋哥，你不会笑我傻吧？

跟你说这些，没让你觉得烦吧？

我猜，如果是面对面跟你讲这些琐碎的事情，你大概会笑着说："哎哟，我们的小清，长大了嘛！"

这一次写信想要拜托你的事情，也跟他有关。

我妈前两天又打电话来了,催我去北京。我不可能永远这样拖下去,大概过不了多久就要真的离开这里了。

可是,就这么毫无声息地离开,我真的不甘心。

他在我的心里的分量已经这么重了,如果我就这样走了,大概要不了两年,他就连我叫什么都不记得了吧?

这样的可能,光是想一想,就闷得喘不过气来。

要怎么样才能让他在今后那么漫长的岁月里,偶尔想起我曾经在他身边存在过呢?在最近的大半年里,这是日日夜夜困扰着我的问题。

想来想去,还是觉得,不能用嘴彻底诉说感情,就用笔写吧。不敢直抒胸臆,就寄托在顾左右而言他的故事里吧。

所以我写了这封信给你,求你帮我这个忙。

你肯定注意到了,给你寄的这封信里,还有另一封信,已经写好地址,也密封好了,是寄给他的。我还附了一张小纸条说让你别拆,希望你别介意。

那是我写给他的信。我所有想对他说的话,大概都写在那封信里了。在每一个孤独无助到想要痛哭的晚上,我就会想一想他的脸,然后在那封信里写一段话。

如今,我快要离开了,也是时候把这封信给他了。我只能选择相信,这封信能够让他在以后那么漫长的日子里,偶尔想起我的名字。

只是，我不能亲手把这封信给他，也不能偷偷把信塞到他的桌洞里去。不是不敢，是真的不能。

这封信一定要从北京寄给他。

凯旋哥，我只能拜托你了。

请你不要问我为什么，就当作你的小清最后再对你任性这么一次吧。

如果让我来解释，我会说这封信里装着魔法。只有从北京出发，魔法才会生效。

祝：

学习顺心。

武青清

带着小碎花的信纸已然泛黄，却明显保存得比周卫星的那封信要好很多。

再看落款和邮戳的日期，正是在武青清给宋凯旋写了这封信之后不久，十七岁的周卫星在故乡收到了李向阳从北京寄来的那封信。

偌大的公司，因为周一的早会而显得空落。

周卫星瘫坐在工位上,整个人像是被抽空了。

20

十一长假,周卫星和小乐没有出游。他们一致同意,国庆假期里全国的旅游景点都会被人潮涌满,花那个钱去受罪倒不如在北京享受享受生活。

提前过上了精打细算的小日子。

小乐说,优衣库在十一期间要上架一个高端系列的产品,数量有限,全北京只有世贸天阶那个店能够买到,于是早早就拉着周卫星陪她去逛街。

看着小乐像抢钱一样地挤过人群,寻找适合自己尺码的衣服,周卫星在一旁不自然地笑了笑。

他下意识地摸了摸邮差包的侧袋。

一封信的厚度。

指尖碰到的一刹那,心口微微地疼了一下。

周卫星并没有再见到宋凯旋。他曾经想过要给他打电话,但是瞪着那个号码,犹豫了良久之后,放弃。

说什么呢？

有些事情，还是当作从来没有发生过比较好，对大家都好。

但是，往往你最害怕的事情，就一定会发生。拥挤的卖场里，周卫星的手机不合时宜地响起。

宋凯旋的电话。

他说有东西忘了给周卫星，问他现在在哪。

挂了电话，周卫星有一瞬间的愣神。仿佛在日光之下，就这么穿越时空，回到了十七岁的夏天。

他跟小乐打了声招呼，在一楼露天的星巴克等宋凯旋。

但是宋凯旋显然没有跟他坐下长谈的打算。他把车在路边停下，给周卫星打电话。等到周卫星之后，摇下车窗，对他笑了笑，递了一本书出来。

《安房直子童话选集》。

"我中秋的时候去上海参加她的婚礼，刚好聊到你了，她就让我把这本书带给你。我翻了两页觉得挺有意思的，就看完了才拿给你。你不介意吧？"宋凯旋笑着说。

"当然不。"

宋凯旋点点头，准备摇上车窗告别。

周卫星情急之下喊住他："她……现在还好吗？"

问的人扭捏、犹豫、苦涩，答的人轻快、自如、流畅。

"她啊，现在挺好的。考大学的时候不知道为什么没留北京，跑上海去了。瘦下来以后一直在做模特，后来遇到了现在的老公。她老公家条件还不错，那时候为了追她可是下了血本呢。这一次啊，是奉子成婚。她生了个女儿，好像还打算再要个儿子。"

"哦……哦……她过得好就好……"周卫星嗫嚅着，不知道应该再说些什么。他不自然地笑笑，准备离开。

"她女儿的名字里有个'阳'字。"宋凯旋忽然说，"女孩的名字里有这个字不太常见，她说是希望以后这个女孩能像太阳，永远被别人围着转。"他笑笑，礼数周到，摇上车窗。

宋凯旋的车开出去很久很久，直到再看不到影子，周卫星才迈开脚步往回走。

刚才的宋凯旋看起来那么轻松自如、毫不在意。可是，在两个假期之间这漫长的大半个月里，他独自在黑暗里消化掉了多少浓烈的情感呢？

周卫星忽然这样想。

即使武青清真的把宋凯旋当成哥哥，那么宋凯旋呢？

他跟宋凯旋的相遇真的只是巧合吗？宋凯旋对他的一路关照真的只是因为两人是同乡吗？

周卫星的心里像是忽然长出了藤蔓，带着细微的刺，疯狂地生长，向着过往蔓延开来。

但终究，那只是藤蔓，不是麻绳。他轻轻一抓，就断了，没有可能顺着藤再攀爬回过去。

周卫星走回商场。凶猛的冷气激得他微微一抖。

像是骤然间回到现世。

他这才注意到手汗已经打湿了书的封面。

周卫星摩挲着手里的那本旧书，发现自己的手一直在微微发抖。最后一页的借书卡上，仍然写着周卫星和武青清的名字。他随手一翻，很容易就翻到了皱巴巴的那一页。他想起来了，高中时候的某个深夜，他打着手电趴在被窝里看书，像是在跟父母打游击战。母亲猛地推门进来的时候，他迅速地关掉手电、收起书，窝在被子里大气都不敢出，假装已经睡着。

那本书的那一页，也因此被揉得布满了伤痕和皱褶，无论在今后的岁月里再怎么修整，也永远地回不去了。

那一页的故事是《狐狸的窗户》。故事里有一个小狐狸，他用特殊颜料帮猎人染了手指。染过的拇指和食指搭在一起，在眼前组成一个菱形的小窗户，就能够透过这个窗户看到想念的人。

这样，无论身在哪里，都不会再觉得孤单了。

十一假期的世贸天阶。人群面色冷漠地从周卫星身边涌过。他却忍不住湿了眼眶。

我不敢用这双手抚摸你。
它曾经烧杀掳掠，它曾经作恶多端，它曾经触碰过尘土污秽与糜烂朽腐。

但是，能不能让我用这颗心爱你。
它依然洁白、敞亮，因为敏感和卑微而颤抖着。

因为你，而颤抖着。

温柔的　指纹

1

范文慧太清楚自己了。

说得更具体一点,她太明白别人眼中的自己是什么样子了。善意一点的,会说她有个性;不按常理出牌的,甚至把用在周迅身上的"古灵精怪"四个字施舍给她;若是带着恶意,则会在茶余饭后的八卦里把她的名字和"奇葩""怪胎"这些词挂在一起。

她并不符合一个正常女孩的最低标准,这她是承认的。但正是因为她的不正常,所以这样的传言非但没有造成困扰,反而让她在心里酝酿起一个私密的小庆幸:还好有些事他们不知道,不然天晓得在他们心里我会不会成为需要敬而远之的变态狂潜力股。

范文慧来这家婚庆公司面试的那天,原本已经当面拒绝了满脸笑容的面试官。但走出公司在同一层楼转了一圈,她立马改了主意。跟婚庆公司遥遥相对的一个角落里是另一家公司,做丧事策划的。这件事像是一颗烟花,在范文慧的心里爆炸开来,光芒万丈地遮蔽住所有其他考量。她冲回婚庆公司说自己改变主意了,来再谈谈薪水吧。做婚庆的和做丧事的两个公司在同一栋写字楼的同一层里,彼此都倔强地沉默着,不抗争也不让步,持续相处下来。这种碰撞实在是太有意思了,范文慧舍不得放弃同这种怪异亲密接触的机会。她甚至打定主意,如果婚庆公司拒绝再给她一次机会,就去丧事公司求一个面试。

到婚庆公司上班的第一天,在规定的八小时上班时间以外,范文慧在这栋写字楼里多待了五个小时。她早上七点钟走进楼里,晚上八点才离开。这五个小时,像是被她范文慧专属的黑洞所吞噬,不跟其他任何人分享、不被其他任何人知晓。在这五个小时里,她把这一整栋写字楼摸了个清清楚楚。让她满意的是,红白喜事的混杂、抗争仿佛真的为这栋建筑带来了奇怪的气场。这确实不是一个普通的写字楼。

大概由于这是市中心还没被拆迁的老建筑,所以虽然与挺拔现代的高级商圈只有一街之隔,租金却几乎缩减至一半。千奇百怪的大小公司都被吸引到这里来。一楼有定做 cosplay 服装的裁缝铺。三楼是提供"追女"策划与分手布局的咨询公司。六楼的"密室逃脱"全部都是鬼屋主题,还兼营八字算命。顶层一整层都被包下来布置成为情趣旅馆,提供给附近的白领偷情。就连范文慧工作的婚庆公司也提供各种奇怪的婚礼主题,仿佛做一个正常公司的员工会在这栋写字楼里抬不起头来。

但是真正让范文慧动心的还是这栋楼的楼顶。也许是周围高楼环绕的缘故,天气好的时候楼顶会有时强时弱的阵风。情趣旅馆的小老板把楼顶天台当作了晾晒床单的地方,起风的时候白色的床单会随风壮观地飞舞。脚下的建筑古老到几乎让人感觉布满青苔,眼前是可以被看到的白色的大风,不远处高耸的写字楼闪闪发光。范文慧觉得这一切都很像电影里的场景。

她找了天台的一处隐秘角落,立起支架、铺上花布,不跟任何人商议或宣誓,就此自说自话地圈地成功,把那块空间当作自己在写字楼里的秘密行宫。范文慧在婚庆公司里转正的那一天,那个布缦小棚也已经被一点点构建成为一个像模像样的房间了。

就是这样毫无章法的范文慧,居然也会有畏首畏尾、不敢明言的时候。就连她,都因为这一天的奇怪遭遇而在心里暗自嘀咕、盘算:这种想法也太荒谬了吧?说出来找人商量会被当成疯子吧?

2

范文慧觉得这栋楼里有鬼。

她的意思是,这栋写字楼里有人在跟自己搞鬼。虽然连同事之间的关系都淡薄得像是每天照面的陌生人,但她就是坚定地怀疑在这栋写字楼里有一个纯然的陌生人在日复一日地跟自己挑衅作对。

某个没公德的人在电梯里放了个经久不散的臭屁,范文慧只是微微皱了皱眉,第二天电梯里就莫名其妙地摆上了一小盒活性炭除味剂。只是头一天多擤了几次鼻涕、打了几个哈欠，第二天就有打着"多喝维C，多添抵抗力"旗号的饮料公司上门推销。假装加班而事实上在秘密行宫里读推理小说到深夜，楼道里老化的走廊灯忽闪忽闪的，让她想到推理小说中的恐怖场景，只是在微博上打趣抱怨了一句，第二天楼道里的灯泡就被全部换成新的。入秋季节，范文慧来这里上班之后第一次遭遇午夜突然降临的暴雨，在床上睡死过去的她第二天走到办公室楼下才忽然意识到：天哪，我的秘密行宫怎么办？冲到楼顶去看，却发现几块透明塑料布就那么巧合地被大风吹到了小棚子顶上，让棚子里的东西在大雨中幸免于难。

如果是一般人，大概会把这些发生在不同时间和心情里的巧合分门别类地排好，当作某日酒后的谈资。但范文慧却坚决地认定这所有的事件背后都有人在作祟。用她的逻辑来讲，这是一种神秘的直觉传递给她的信息，告诉她有人发出了挑战。挑战的内容是：你不是自诩为神秘的怪胎吗？可是神秘和奇怪，你比得过我吗？

真正让范文慧下定决心绝地反击的，是今天从早上八点到现在发生的所有事情。公司雪白的墙上挂着从宜家买来的便宜挂钟，此时刚走过中午十二点零三分。今天是2014年9月12日，范文慧来这里上班快满十三个月，是一个再普通不过的星期五。但是范文慧从早上走出家门的那一刻起就觉得空气中充满了一种不怀好意的明朗。她抬头看天空：怎么蓝得那么做作。

她的直觉在早高峰拥挤的地铁里得到了坐实。由于比平时晚出门十五分钟，范文慧切实地卡在早高峰的正中央，感觉地铁里的拥挤也确实地增加了 1.5 倍。就在她怀疑自己三点钟方向的男人会不会是个变态猥琐男的时候，忽然从远处的另一节车厢里飘来一大拨彩色的气球。地铁里人头攒动，密得没有一丝一毫让气球跌落的空间，于是那一拨色彩斑斓的气球就像潮水一样涌了过来。

在一瞬间，仅仅只是一瞬间，范文慧有做梦的感觉。说不清是在哪一天的哪一个白日梦里，她的确曾经幻想过这苍白平庸的现实里能够忽然出现五颜六色的奇迹。比如一个硕大的热气球，带她飞离这无趣的世界，飞向高空、飞向未来、飞向另一个国度。

啪。

有人挤爆了一个气球。

美梦惊醒。

还是拥挤的地铁车厢、紧贴着陌生人的体温、混杂着冲向鼻腔的汗味。

"气球里有字条！"挤爆气球的人惊呼。大概是这个小小的发现把他从又一天新的机械劳作里猛然唤醒。

"丰收当然很好，但播种本身不也是一种快乐？今天请更努力一点吧。"那人念出纸条上的字，"是占卜预言吧？"

"大概又是哪家公司搞的营销活动吧？"

"管他呢,反正闲着也是闲着。"

死气沉沉的地铁车厢被这一拨色彩激活。慢慢地,有人开始捏爆气球,寻找里面的运势签。

啪。啪。啪。整个车厢里的空气都变得活泼跳跃。

还是有人怀揣着上班路上的坏情绪开骂:"这都哪个蠢货弄的啊?搞什么玩意儿啊?"

但奇怪的是,这句恶意满满的话并没像平时一样点燃整个车厢,而是被淹没在气球的爆裂声中。

范文慧从来都没有想过上班路上、早高峰的地铁里能够涌溢出这种情绪来。一颗大红色的气球飘到她头顶。她也忍不住用手猛地一戳。

啪。

一张字条落在她手心。

"今天记得抬头向天上看,会有好运的。"

抬起头,头顶是冰冷的地铁车厢顶。但范文慧觉得心底微微一暖。

3

范文慧真正意识到今天不太对劲是在她踏进办公室的那一刻。办公室的门敞开着，但是屋内却空无一人。她一边想着"该不会是被偷了吧？什么小偷啊，选这种穷酸地方，还真是毫无职业素养呢"，一边警惕地走进去。

站在办公室正中央，范文慧才发现自己完全想错了。整个办公室被布置成了一个推理游戏的现场，而谜题直指在范文慧心里一直纠缠了半年的八卦谜题：严格禁止办公室恋情的老板小孙到底有没有跟风风火火的女汉子策划阿火在一起？

小孙其实已经人到中年。但得知员工们私下喊他"老孙"之后，他嫌这个称谓有歧义，于是吩咐大家统一叫他"小孙"。作为一个甚至提供"异形"主题的婚庆公司老板，小孙也是个绝对的怪人。按理来说婚庆公司大都会鼓励员工把个人问题放在内部解决，别的不说，至少喜庆啊！但是小孙却坚定地认为，工作和生活应该泾渭分明。正是因为他们是提供婚姻策划服务的，才更不能在工作里产生感情。用小孙的原话讲就是："是客户谈恋爱呢，还是你们谈恋爱呢？是客户结婚呢，还是你们结婚呢？合着最后策划、咨询、见客户活生生地变成四人约会了？不专业！"

老孙一直对自己这些标新立异但听起来又不无道理的观点引以

为豪,这一类的三令五申,隔几天就要拿出来讲一次。但是从三四个月前的某一天开始,他却忽然再也不提这些事了。不仅不提,甚至开始在办公室里散布出一种可怕的沉默来。而也恰好在那个时间点上,原本几乎恨不得比男人还要阳刚的女汉子阿火,忽然带着淡妆来上班了。

怀疑的种子在范文慧心里生根发芽,蛛丝马迹越积越多,虽然当事人概不承认,但是范文慧已经几乎在心里将这宗爱情悬案盖棺定论了。唯一没有解决的谜题是:这两人究竟是怎么搞到一起去的?

而今天的办公室,恰好被布置成了一个爱情悬案的现场。案件主题则直指困扰着范文慧的那个终极问题。

阿火的办公桌上、小孙的办公室门口各贴着一个火红的爱心,爱心里打了个问号。范文慧把那两颗纸做的爱心摘下来,发现两颗爱心的背面分别写着不同的线索。属于小孙的那颗心背后写着"机器怪人也有方寸大乱的时候"。范文慧看到那句话,扑哧一声笑出来。"机器怪人"是她私下给小孙取的外号,因为他大多数时候都一板一眼、冷漠无趣。而阿火的爱心纸片背后则写着"女汉子如何撑起半边天"。

范文慧正在思索这两句话到底是什么意思,忽然响起震耳的铃声。财务兼行政兼人事的宋姐桌上的闹铃响了。宋姐是一个希望生活中所有事情都遵循规律、井井有条的人。起床的时间、刷牙的时间、到公司的时间、打开电脑的时间、中午开餐的时间全都需要靠闹铃来固定。

范文慧走到宋姐桌前，发现电子闹钟被调到了倒计时模式。剩余时间还有不到半个小时。她于是立马知道了这次铃响的意义：游戏开始，抓紧时间。

范文慧一刹那有些紧张。她顾不得去追究一个正常的上班日里为什么会出现这种莫名其妙的场面，抓耳挠腮想要弄清楚怎么解决这个谜题。

如果把这当作一起案件来侦破的话，那么小孙和阿火无疑就是死者。给出的这两句话是对死者的描述，也是侦破死亡原因的关键线索。人究竟是怎么被杀的呢？范文慧盯着那两张纸苦苦思索。"机器怪人也有方寸大乱的时候"显然是说一个让小孙措手不及的场面，但是"女汉子如何撑起半边天"呢？难道小孙爱上阿火的时候，她显得比平常还要更像男人？难道小孙是 gay？

没有头绪，于是范文慧开始寻找有没有别的线索。时间嘀嗒嘀嗒地过去，但范文慧一无所获。盯着办公室的墙壁发呆的时候，她才突然感觉到了异样。墙上原本挂着的是公司同事们在各种场合之下的合照，但是今天，所有的照片都被换成了开春时公司集体郊游时的照片。

范文慧灵光一闪。

案发地点!

她瞬间想起了那次三天两夜的郊游里发生的怪事。

范文慧是那种绝对反感这类公式化出游的人。她逃离了大多数同事打牌喝酒的局,想要去找一样没在酒局里的阿火结伴夜游。但是阿火的房间漆黑,没有人在。同样在那个夜晚消失掉的,恰恰还有老板小孙。那时候小孙给大家的理由是,有一些业务上的朋友要会见,让员工们自己喝好玩好。但是此刻想来,这事情似乎并没有那么单纯。

范文慧记得那个冰凉又暧昧的夜晚。为了吸引游客而搭建起来的现代人工古城,似乎天生就是为了让压抑的城市人宣泄出奇怪的欲求和情感。也许正是在那一晚亮得出奇的星空底下,两个人有了交集、互诉了衷肠?

但是,为什么?

这才是真正让范文慧百思不得其解的地方。

她看了看倒计时的电子闹钟,时间所剩无几。有了一次经验以后,她明白不能放过办公室里的所有小细节。就在宋姐的闹钟旁边,那个小型碎纸机上,夹着几张还没有被粉碎的纸质文件。范文慧小心翼翼地把那几张纸抽起来,发现果然是又一道线索。

那是开春时阿火提交的辞职信,被撕碎了又重新粘起来复印一遍。于是范文慧就能够想象,自己手里拿着的这几张纸背后,有着多少纠葛与甜蜜了。辞职信上,阿火说自己是因为事业不顺,开始怀疑自己的能力,而想要离开公司沉淀一下。但在范文慧的记忆里,阿火今年经手的所有项目都顺利又甜蜜。而对照时间点,在阿火提出这样的辞职报告之后,小孙立马组织三天两夜的员工出游,显然并不正常。那个抠门的老板一定是计算好了各种利益关系,认为这是留住阿火的种种方案中性价比最高的一个,才展开行动的。

但是,怎么可能?一趟不咸不淡的郊外游就能让阿火重新对自己的工作能力自信满满?少开玩笑了。

范文慧盯着快要逼近终点的倒计时,强迫自己站在阿火的立场思考。

尖锐的闹铃声再次响起。倒计时结束。游戏时间终结。

范文慧瞬间开始行动。大脑不能停止思考,手脚并用,把办公室恢复原状。

然后,就那么恰好地,门外渐渐响起脚步声,同事们陆陆续续地都在此时走了进来。每个人都对今天的迟到有各自的解释。有几个恰好遇到电梯故障,有几个在公司门口被卷进了路人的吵架里,小孙干脆在已经熟得不能再熟的地下车库里迷了路。用他的原话讲就是:"今天的车库怪里怪气的。"

倒计时闹钟响起的那一刻,范文慧的脑袋里灵光一闪。她忽然想:如果闹钟并不仅仅是计时器,也是一条线索呢?闹钟代表着宋姐的坚持，一旦计划被打乱，宋姐就会纠结、抓狂。而"机器怪人"则是小孙的坚持，"方寸大乱"是说他原来的状态被打乱。那么，反过来想，"女汉子"是阿火的常态，也许"撑起半边天"并不是说她要更阳刚，而是指让出属于男人的那半边天，回归到一个真女人的状态？

这样，一切就都说通了。

办公室里，宋姐依旧是每天早晨如临大敌的样子正在检查日常计划。阿火也依旧化着淡妆，正在偷偷照镜子，检查自己的妆容有没有在地铁上被挤花。该吃早餐的吃早餐，该做早操的做早操，该热烈八卦的也如常继续。

但范文慧的大脑飞速运转。

辞职信上说的辞职理由并不是真的。而平时像个女汉子的阿火大概其实有一颗柔软的心。接连着经手的情侣全都甜蜜幸福，大概唤起了她那颗渴望爱和关怀的心。在这个公司、这个职位，一心扑在工作上，大概是没有恋爱的可能了，于是阿火狠心提出辞职，想要给自己换个环境。小孙约莫猜到了阿火的心，于是组织了那次春游，希望用同事之间热烈的感情来融化阿火，让她忘掉爱情。但是，这一招显然没能奏效。

那个两人一同消失的夜晚，他们大概对彼此摊牌了。小孙不断地逼迫阿火，让她一咬牙把心里的话全都说了出来。在那样的夜晚、那样的氛围里，也许她还流下了眼泪。突然变得如此脆弱柔软的阿火当然让小孙措手不及，他凭着本能就用一个男人关怀女人的态度去抚慰阿火。

向对方展露过人性中最温暖也最脆弱的部分之后，他们再也无法像从前那样跟彼此相处。

范文慧想起来了。她开始察觉到，两个人之间有些不对劲，正是那次郊游回来之后一两个月的事情。

这样，一切全都说通了。

范文慧感觉到前所未有的舒畅和痛快。

这桩办公室地下恋情的悬案，单方面宣告侦破！

小孙走进了办公室。范文慧努力捕捉着他和阿火眉目之间若有似无的情意，更加确定自己的猜测了。这一份巨大的愉悦和满足让她忘了去怀疑这种侦探游戏是怎么在周五早晨的办公室里出现的。

时钟快要指向正午。

今天中午该吃点什么庆祝一下呢？范文慧微笑着在心里问自己。

4

事实上今天的午餐时间并没有像范文慧预想的那样轻松愉快。此时公司墙上的挂钟已经指向了十二点零五分。大概一个小时之前,范文慧在办公室爆炸了一次。现在,所有同事都时不时战战兢兢地瞟她一眼,心里怀疑着这个"奇葩"的女人不知道还有什么诡异的招数要释放。

就在范文慧刚刚决定好今天不叫油腻的外卖,去楼下新开的日本拉面店点一个豪华套餐的时候,办公室里突然闯进来一个让她瞠目结舌的陌生男人。

这个男人把自己打扮成《航海王》里面的黄发厨师香吉士,仿佛踏在剧场的舞台上一般,整个人都沉浸在夸张的热切情绪里,深情款款地朝范文慧走来。他手里拎着一个送外卖的保温箱,直视着范文慧,像念台词一样地吐出这句话:"哦!我尊贵的文慧小姐,今天这个美好的中午,您想吃什么呢?像您这样美丽的小姐,无论想吃什么,我香吉士都会努力办到的!"

范文慧的震惊只存在于一刹那间。随即,所有那些因为好心情而暂时被忘掉的疑问就全都排山倒海地喷涌而出。她是"奇葩"了点,所以能自然而然地把那些怪异的场面、事件当作日常生活中的平常小事。可是,她究竟并不是蠢货。

今天早上地铁里的预言气球是怎么回事？

好端端的办公室为什么就那么凑巧地被搞成了侦探游戏现场？

现在，忽然间，她最喜欢的动漫人物莫名其妙地冒出来送午餐。

再加上这一年以来所有奇奇怪怪的细节琐事……

此前，所有的疑惑都只能朝向空气中某个虚拟的、想象出来的幕后黑手，但此刻，眼前终于第一次出现了面对面捉弄她的实体，范文慧感觉自己积攒了一整年的攻击力储备终于有了用武之地。

她知道眼前这个无知的男孩不过是一颗棋子，所以她瞪着男孩，猛地狠狠揪住他的耳朵，厉声质问道："快说！究竟是谁在耍我？"

男孩还想继续待在香吉士的外壳下表演："尊贵的……文文……哎哟哟……"

范文慧没有得到想要的答案，立马下手更狠，男孩的耳朵被迫做出了高难度的三百六十度回旋表演。这仿佛是魔鬼的狠手，将一个真实的灵魂从伪装的外壳里揪了出来。

男孩不再像刚才那样用香吉士的怪腔怪调讲话："别别别……我只是个跑腿的，哎哟喂！"

范文慧松了手，瞪着他："说吧……"

"我叫王楚剑，今年十七岁，在……"

"没问你这个！"

男孩委屈地看着范文慧，不知所以。

"说，谁派你来耍我的。"

"我真的不知道这是在耍你，如果我知道的话，我肯定……"

"说！"

"我就是一个普通的 coser，这事儿，是底下裁缝店的老板拜托我们社团团长，我们社团团长又委任给我的。她说这是个锻炼的好机会，如果我能够出色完成这个任务，下次动漫祭的表演就让我上！"

范文慧略略思考，扒开男孩挂在身旁的外卖保温箱。里面整齐码放着各色不同的便当，全都制作精美，从食材到口味都完全贴合范文慧的喜好。她一把扯下外卖箱，冲男孩吼道："那你走吧，你的任务圆满达成！跟你们团长说，你够格参加表演了！"

男孩犹疑地望着范文慧手中的保温箱，不知道该不该拿回来。

范文慧又狠狠地瞪着他："没点儿意外状况，那还能算出任务吗？"

男孩不知道该如何辩驳，叹了口气，灰溜溜跑走。范文慧拎着那个保温箱，转过身面对瞠目结舌的一众同事。

假扮香吉士的怪异男孩走进办公室的时间差不多在十一点出头。在接下来的一个小时里，范文慧做了如下的几件事：

第一，她用温柔到让人有些发怵的神情语调把外卖箱里的便当分给公司各位同事，自己笑眯眯地盯着大家不说话。直到每个人都惶惶不安地开始吃这顿不知所以的午餐之后，范文慧忽然一声大喝，厉声质问一众同事有没有参与到耍她的大阴谋里去。否则，怎么会那么凑巧地在今天早上统一迟到，给一个诡异的侦探游戏提供了场地？有人因为范文慧的这一声呼喝，吓得一口饭呛在喉咙管里，差点没背过气去。但范文慧依旧凛然正气地瞪着众人。老板小孙看不过去，上前来劝阻范文慧别再发疯，谁知道却被正处于情绪峰值上的范文慧不管不顾地揭穿了他和阿火的地下恋情。办公室里的空气在一瞬间完全凝结。所有人都感觉时间和空间像被施了魔法，身处其中连肌肉和思绪都一起变得僵硬。

第二，这个瞬间的尴尬和凝固让昏了头的范文慧略微地醒了过来。有一个逻辑说不通：小孙和阿火干吗要费这么大劲制造出这个让他们俩尴尬到冰点的局面？公司同事大概不是幕后帮凶，充其量只是受到波及的无辜"伤员"。在想通了这一点之后，范文慧做的第二件事是，打电话给地铁公司，质问今天早上那段奇异遭遇的背后原因。地铁公司的接线员似乎隔着电话都嗅到了范文慧的"奇葩"气息，沟通全程都用一种"小姐您没病吧"的语气跟她对话。范文慧知道纠缠下去也问不出什么，只好放弃，转而输入关键字搜索微博。

第三，在微博上，她看到早上那个色彩斑斓的场面已经被凝固成为数码相片传播开来。翻过了十几页搜索结果，终于看到有人说自己所在的那节车厢里上来了一个奇怪的人。他带着巨大的一袋气球,高举在头顶硬是挤进了高峰期的车厢。也许是因为人实在太多,那个怪人没有抓紧头顶的大口袋,气球哗啦啦像水一样漏出来,开始在人群头顶飘走。就在车厢里众人惊异、感叹之时,那人悄悄地下车了。范文慧在心里紧紧抓住对那个怪人外形的描述:瘦瘦高高、特别白净,看起来很沉默的样子。

犯罪嫌疑人终于被锁定。

第四、第五、第六,范文慧猛地喝了两大杯水、上了一次厕所、花费八分钟坐在工位上看似发呆地思考了一下接下来的战术部署。

范文慧抬头看了一眼墙上的挂钟,十二点一刻。

她猛地站起身,跑出办公室。

办公室里凝固了许久的空气终于重新开始流动。

5

生命放在哪里都难说不是浪费。而范文慧当初决定每周浪费四十五个小时在这栋建筑里时,只是想做一个安静孤僻的小怪人,绝没有想到有一天,自己会成为大闹整栋写字楼的奇女子。

当然，那依然只是别人眼里的她。此时此刻，在范文慧的心里，自己早已摇身一变成为蹙眉沉思的范警长。她背着手从楼梯间向顶楼走去，细细琢磨着目前为止得到的这几份证词。

犯罪嫌疑人在午间送饭之后，没有再继续作案。这有两种可能：可能是犯罪嫌疑人时时关注现场动向，知道范文慧产生了怀疑之后，因为心虚而停止了接下来的计划；也有可能是犯罪嫌疑人早就预计到了范文慧会在中午的午餐事件之后开始反击行动，于是早就在暗中密谋好了更大的诡计。

如果是第二种可能，那么这个对手就太可怕了！

范文慧一边这么感叹着，一边在心里继续咀嚼着那几份证词。

以下是她走进那家 cosplay 裁缝店之后搜集到的有效证词。

扮演香吉士的男孩说："哎呀，就是她！"

几个不认识的女孩叽叽喳喳。"好可怕的女人。""她跑来这里干吗啊？""其实，说不定也可以给她一个恶魔女的角色啊！"

裁缝店的老板是个花枝招展的男人。他扭着腰肢跑来责问范文慧，为什么欺负他家的小孩子。在被范文慧用揪耳朵加挠痒痒的武力攻击三两下干掉了之后，他终于开口提供有用的证词："哎呀，你是什么女人啦！胸部那么大，但是还没我有女人味！讨厌，真是痛死人家了。好啦好啦，催什么催，告诉你就是了。咱们三楼不是有个提供恋爱策划服务的公司嘛，是他们来拜托我的。要不是看他们老板长得帅又会说话哦,我才不要答应呢!你看看你这个样子,真不晓得是谁要追你哦……"

范文慧根据裁缝提供的信息,又闯到三楼。

不得不说,这个打着心理咨询,实则提供恋爱服务的怪异公司是有着自己的专业性的。饶是范文慧此时怒气冲冲,还是被不大的空间里新奇又温馨的装潢设计和前台小姐温柔可人的笑容给抚慰了。

前台小姐的证词是:"小姐,您好,请问您需要什么样的恋爱服务呢?""哦,如果是这样的话,可能我们会比较难配合呢。""您可以找我们老板,完全没问题的,他可以跟您详细讲解一下我们的客户隐私协议,您就比较能够理解了。"

长相英俊的老板显然没有想到,自己英俊的脸蛋和熟练的泡妞技巧对眼前这个上门来找麻烦的女人并没有用。但好在他跆拳道黑带五段,范文慧揪耳朵和挠痒痒这两大绝技在他看来毫无用处。但是,他没有料到的是,范警长面对高段位的对手还有另外一招。武力恐吓不成,那就换成言语威胁。

范警长头头是道地跟老板分析:注重客户隐私这一点当然没错,做他们这一行,最重要的就是客户的信任。但其实,公司有没有真的透露顾客隐私一点也不重要,只要客户坚信这一点就够了。而一旦还没上门的客户听到风言风语说他们曾经有过不守规矩的行为,那以后可就别做生意了。

老谋深算的英俊老板当然不害怕这种威胁。只是他在心里思忖权衡了一番：这看起来是个不好惹的"奇葩"，要摆平她得花不少力气；而她另一个身份则是客户的目标，帮客户搞定目标、完成任务才是根本原则。那么，对待这样"奇葩"的女人，其实向她透露信息才是正确的选择；再说，以现在的情况看来，即使自己说了实情，也根本不算透露客户隐私。因为，他根本连见都没见过这个客户。

范文慧并不知道这老板丰富的内心活动。她只觉得是自己的聪明才智为她赢得了又一份关键证词。

老板首先承认了办公室的侦探游戏和午间送餐服务都是他们公司策划安排的。但他们其实只负责活动策划和流程安排，关于范文慧生活点滴的细节，全都是由客户那边提供的。老板说："其实我根本没有见过委托方，因为他根本没有出现。你知道这栋楼顶层有个情趣旅馆吧？是旅馆的老板王老三来拜托我的。他说他是受人所托，我选择相信他的话。因为啊，他那种老油条就算真的看上你了，也不会用这种方法来追。我能告诉你的就这么多了。"

范警长明知道找到王老三就能问清楚一切，但心里就是有些发怵和不爽。她总觉得，这么扑朔迷离的案件怎么能这么简单就解决了呢？这完全不符合故事发展应该有的逻辑啊！

而走到了顶层，出现在她眼前的是更不符合逻辑的事情。

情趣旅馆处在一种异常的荒废状态。这时候正是下午的上班时间，CBD白领们跷班偷情的黄金时段。但是在范文慧眼前，这里却完全空无一人，连前台小姐都不知道去哪儿了。她大喊了几声，没有人应答。

王老三究竟在耍什么鬼把戏？

范文慧心底的那个警长形象已经完全坍塌。虽然是大白天，但是现在她感觉全身寒毛都竖起了。

范警长变成了"范胆小"。

该不会还有什么恐怖的戏码在等着自己吧？

范文慧第一次有些惶恐。

希望自己能够有……

然后，她的心里忽然就蹦出来"好运"两个字。

这么平庸的两个字，却又像是有着冥顽不灵的黏性，带出了串联起的一整句话。

"今天记得抬头向天上看，会有好运的。"

范文慧抬头。又是天花板堵住了她的视线。情趣旅馆的天花板不同于地铁车厢顶，显得柔情又暧昧。

这一次，她知道越过天花板的楼上是什么。

她的小屋。

她的行宫。

在这个苍茫灰暗的城市里,唯一可以暂时被称为"她的"的那么一小块地方。

范文慧拔腿冲了上去。

6

范文慧手里紧紧捏着那张纸条。

最开始以为那是选择了手写字体打印出来的纸条。但刚才仔细看过之后才发现,竟然真是一笔一画手写上去的。

在范文慧眼前,她的那个秘密小屋现在真的可以算是一个小屋了。

有人帮她搭建起了一个透明的玻璃房。四面墙上细心地挂上了帘子,选的是她喜欢的蜡染印花布。

屋里的一切都原封不动。

不知道要花费多少心思和精力才能够做到这样。

引开她一整天都去关注别的事情,大概就是为了这个吧?

楼顶天台上的风今天吹得格外温柔。大概是这风吹皱了心底里某块柔软的地方吧,范文慧忽然觉得平日里仰望着的四面高楼也没有那么遥远和冰凉了。

她有飞舞的白床单和透明的玻璃房了。还有什么比这更珍贵?

然后,心底里的那个疑问也忽然间变得无比清澈透明。

那个疑问,其实从来都不是"谁在耍我"。

一直以来,她想要问的都是"谁在爱我"。

只是,"爱"这个字,那么恢宏、那么庄重,正经到几乎不属于她这种永远走在边缘的怪人。所以,大概早就习惯性地在所有的遣词造句里将这个字抽离、拨开。

谁在爱我?这个问题,范文慧死也问不出口。

于是索性换成了"谁在耍我"。这样才能够理直气壮、心安理得地踏上属于一个"奇葩"的"复仇之路"。

眼睛又酸又涩。

范文慧拿手去抹。

糟糕,手里的字条被打湿了。

整张纸都已经皱成一团。摊开来看,恰好是"好运"两个字被晕染开来,再也看不清了。

7

范文慧开始相信有命运这件事存在。

回想起来,她来到这栋奇怪的大厦,就仿若是冥冥之中的安排。她几乎是命定般地会被这个场域所吸引,无论是今年还是明年,她注定了会在这栋建筑里荒废掉一年。然后,命运把时间不偏不倚地正好拨到了这一年。让她遇见了一个人,改变了一群人,自己也踏上了新的旅程。

那一天,范文慧收拾好情绪,红着眼睛走下楼。她又一次以范警长的身份走访了楼层里的每一家公司。这一回的范警长,带着真诚和沉重,向他们打听一个人。这一次再见到范文慧,所有人都觉得她身上好像有什么东西变了。虽然说不清这东西究竟是什么,但他们忽然也开始诚恳地跟她对话。

男孩名叫钟南兴,比范文慧早到这里一个月,在同一层的丧事公司上班。他原本来这里一个月以后就向公司提出了辞职,但是在范文慧入职后不久的某一天,他忽然收回了辞呈,决定继续干下去。

大概是那一天,他碰到了范文慧。

而算起来,从那一天到这一天,似乎刚好整一年。

在这一年里,钟南兴关注了范文慧公司所有人的微博,与写字楼的保安大叔和保洁阿姨搞好了关系,摸清楚了范文慧上下班的规律。

也因此,他知晓着婚庆公司的大小动向,知道了她隐藏在楼顶的那个小小行宫。

王老三告诉范文慧,他之所以能够容忍这么个奇怪的女孩在楼顶捣鼓出这么个奇怪的地方,是有特殊的原因的。

他抑制不住自己心里的好奇。他想要知道接下来会发生些什么。

王老三虽然只是顶楼情趣旅馆的老板,但是对这栋楼上上下下的情况摸得再清楚不过。原因很简单,他所有客户的消费行为都见不得光,他如果不搞清楚这栋楼里有几个摄像头、有哪些异常状况、有几个怪人又分别都有哪些怪癖的话,但凡出点儿差错,这生意就没法继续做下去了。

所以,王老三不光知道楼顶有个奇怪的女孩,还知道楼底有个奇怪的男孩。他们一个在楼顶,一个在楼底,分别都为自己画地为牢,自欺欺人地圈出一个幻想里的安全领地。他们俩,一个向上仰望,感受阳光、微风和雨水;一个低头沉思,沉浸在黑暗与寂静里不肯让步。

王老三被这奇怪又微妙的戏剧性吸引。

一年。范文慧嘴里忍不住开始念叨这个词。

对于一段人生来说,太短。对于一段暗恋来说,太长。

她猜测,他大概是受不了自己的愚笨了吧?

怎么会还没发现有人这么轻轻悄悄地爱着她呢?于是,他大概决定斩断一切,离开这个不会有结果的地方。只是,在消失之前,他要再送一个特别的礼物给这个女孩。这个礼物,不是什么可以触摸的实体,而是一个有趣又美好的上班日。

钟南兴一定注意到了范文慧时常在抱怨着上班的日子虚无又枯燥吧?

多好的男孩。

范文慧去看了他在地下室里的秘密小屋。那是地下室楼梯拐角处的一小块地方。他偷偷牵了电线下来,有昏黄微弱的台灯。东西都已经被收拾得差不多了,只剩一些残破的动漫模型、几本范文慧也读过的推理小说。

也是在这一天,范文慧递上了辞职信。

并不是她忽然不能忍受这个地方了。而是她隐隐明白了,在自己长长的人生里,命运引领她来到这里,只是为了经历这一段看起来像羽毛一样轻,想起来却像大山一样重的感情。如今,这个目的已经达到,她没有理由再留在这里了。下一段的人生使命,是继续那个未完成的侦探游戏,找到钟南兴。

没有人知道他去了哪里,连曾经的同事也毫无头绪。他从来不跟同事一起拍照,也没有人知道他的微信或者微博账号。辞职之后,原来的手机号也已经停用。只有曾经一起在深夜同路回家过的同事能够大概地指出他可能的生活范围。范文慧甚至不知道这个男孩长什么样子。

王老三问她："这老大一个城市，茫茫人海，你要怎么找他？"

范文慧微微一笑："你别忘了，他爱过我。我相信所有的爱都不会是静默无声的，即使是单方面的爱也会让世界产生汹涌的回声。因为有那一整年绵延下来的爱，我一定能够在人群里精准地把他认出来。很快的。你相信吗？"

王老三也笑笑，不置可否。

范文慧抬头看天空，黑夜已经降临，繁星点点。

黑夜是你的地盘，你准备好被我找到了吗？范文慧在心底问。

-
-
-
-
-

我惧怕所有集体。
因为选择站队的同时，也选择了放弃思考和判断的权利。

可是，如果可以再来一次，我依然会选择跟你成为一个集体。
不思考、不判断，只坚定地站在你的队伍里。

偶形　爱人

1

如果要挑一个词来形容自己的话,宋秉志会选"局外人"。

他的人生还并不长。但偶尔回顾往事的时候,就会发现无论在五岁、十岁还是二十岁,时间和机缘总有办法恰到好处地组合在一起,把他逼到某个边缘角落,看着正常的人生轨迹从自己面前流过。

二十八岁的宋秉志是个彻头彻尾的失败者。

但这也没什么。怎么样不是活着?努力缩到黑暗里,活成一个隐形人,那么即使活得再失败也无所谓了。反正也没人看到。宋秉志常常这样对自己说。

带着这样扭曲又平和的心态,宋秉志甚至可以真诚地享受自己这份并不体面的工作。

这是2989年6月,宋秉志进入这个名为"空气森林"的公司已经将近五年了。

在这个虚无又诡谲的年代,千奇百怪的工种、岗位都能找到存在的理由。虽然人工智能已经聪明到能熟练运用时下热词或经典箴言来帮助推销,但总有那么一小部分人顽固地贪恋人与人之间无用的情绪交流。

在公司内部,宋秉志的职位名称是情感顾问,但他觉得自己更像是个演员。形色各异的客户们都想要找到一个恰到好处的人格,来填补自己心里那些千奇百怪的疮口。宋秉志的职责就是，找到那些暧昧不明的人格，然后在语音通话的这一头坚定地扮演他们。

从天真懵懂的纯洁少年，到暴虐"咸湿"的中年父亲。宋秉志没得选择。他需要在情感上迎合并满足尽可能多的客户，向他们推销商品，然后以此赚取佣金。

宋秉志与其他所有同事的不同之处在于，他想要得到一份如此受人唾弃的工作都需要偷偷摸摸、费尽心机。

他在出生时没有植入身份 ID 芯片。而根据法律，这样的公民没有资格使用网络。在任何情况下，没有身份认证的人类接入网络世界都会被认为是潜在的安全隐患。十年前宋秉志刚满十八岁，他那个已经操劳过度、老态毕现的母亲拼尽一切从黑市找来一块能让他冒名顶替的身份 ID 芯片，他这才有了找到一份工作来养活自己的可能。但即使是这样低贱的工作，也要紧紧夹住尾巴。既不能业绩太差影响到生存，也不能成就出众引起别人的注意。要恰到好处地，活在隐形的边缘。

他每天的日常生活都像是在悬崖钢索上表演杂技。

客户们天真地以为"空气森林"只是一个暧昧又美好的交友平台。但宋秉志很清楚，扮演角色取得信任只是这份工作的准备阶段。在这之后，真正的工作才开始。他们要利用客户毫无保留的信任，向他们推销各种正常渠道难以成功售出的垃圾商品。

当然，很偶尔地，也会有商业巨头在推广全新产品的时候秘密找到这些卑鄙的小公司，先探一探市场风向。

此时的宋秉志正处在这样紧绷的工作状态。

垄断整个网络世界的科技巨头庄生公司想要推广其新开发的智能可穿戴设备。这是看起来没有差别的几片柔软透明薄膜。但眼球的归眼球，鼻腔的管鼻腔，耳蜗里的也自成系统。将不同的智能薄膜贴在特定的身体部位，能够让人类感官被智能地管理控制。例如，鼻腔薄膜能够在进食时散发出指定的香气，让原本味同嚼蜡的化学代餐也可以吃起来丰盛可口；眼球薄膜能够调控自然光线，不论太阳起落，人类都可以根据需要自主调控生物钟；耳蜗薄膜能够捕捉声波震动，将其扩大传递给鼓膜，帮助听力障碍人群。而利用特定的程式，所有的智能外接感官可以同时工作，创造出更大的力量。

这看起来无疑是改善生活的大好产品。无奈，庄生公司最近深陷巨大的丑闻。有漫天的传言说这个在虚拟的网络世界一手遮天的公司正在密谋展开一个"人类沉睡计划"，以期通过科技操控全人类，完成称霸世界的野心。

这些新产品如果在此时推出，只会让这些缥缈的指控迅速坐实。

于是庄生公司选择了这些隐秘又黑暗的小公司，让产品先一点一点在无声之中渗透进市场。

但对于长期工作在一线的宋秉志来说，他很清楚这次任务的难度。向客户推销一些无关紧要的小东西,倒也还容易。那些垃圾商品虽然一无用处,但价格并不高,一个新奇的小噱头就能够让客户觉得钱没有白花。

可是这实打实的高单价科技商品,却反而让他不知道该从何下手了。

此时此刻,在通话另一头的是宋秉志成功抓住的第一个客户。从宋秉志入行开始,他们断断续续地聊了五年。这个自称名叫"爱美莎"的客户在宋秉志这里其实只是一个编号:A018。这个数字的存在也时时提醒着宋秉志,他是经历过几次失败以后,才终于在这个并不光彩的职位上坐稳的。

爱美莎需要的是一个最平凡、最普通,但是也一定最温柔体贴、善解人意的男人。这是宋秉志能够吸引她的最主要原因。在他还没有掌握那么多的表演和沟通技巧之前,这是他唯一成功了的本色出演。

爱美莎其实已经将近一年没有联系过宋秉志。今天午休过后在显示屏上看到她的资料闪现时,宋秉志猛地有些措手不及。温习着两人从前的聊天话题,宋秉志隐隐觉得今天的 A018 号有些不太对劲。

电脑分析说,A108 号的用词和语调均显示出她有注销服务的倾向,建议宋秉志立即采取行动挽留住客户。

"其实你是个骗子吧？"果然，爱美莎忽然这样说。

"什么？"宋秉志像是被打了一记闷棍。

"其实我早就知道了，你们不是什么交友中介，也不提供介绍服务。你们只是一帮骗人感情、推销赚钱的骗子。关于这类公司的传言曾经满天都是，想不看到真相都困难。但是我总觉得没有所谓。跟你聊天，我开心。我买东西，你开心。既然大家都开心，那这件事又有什么不好的呢？"爱美莎的话语里有着深深的自嘲。

宋秉志不知道该如何回应。职员的培训手册里一定教过，只是现在根本回想不起来。

"我今天是来跟你告别的。今天以后，我就再也不会跟你联系了。"爱美莎说道。其实在这段客户关系刚刚建立的时候，爱美莎也说过很多次类似的话。但那时是为了要挟宋秉志出来见面。她总是娇嗔着说："你要是不愿意见我，也许我就再也不会联系你了哦！"

可是这一次，爱美莎的声音里有的只是冰冷坚硬的确定。

宋秉志忽然就慌了。他开始在电脑里疯狂地搜寻有没有什么应对法则。

"你知道吗？我曾经是一个广告模特。其实跟你的工作没什么差别，都是帮人叫卖东西。你是靠嘴里的安慰和谎言，而我是靠外表和笑容。我先天条件并不怎样，所以需要紧跟每一次整形科技的发展，才能把手里的工作抓得紧一点点。但是现在，我老了、过气了、失业了。我再也没有办法靠着买一点奇奇怪怪的小东西来让你开心了。我想,就这样吧,是应该说再见的时候了。我原本以为,找到一个真实的人类交流,也许能让我在这个冰冷的科技年代感觉温暖一点。但是,五年了,我终于发现,这样的关系比人工智能还要虚幻冷漠。"

爱美莎兀自说下去。宋秉志则在浩瀚无边的数据库里寻找可能的救命稻草。职业技能手册里一定有完美的应对方法。

宋秉志本以为自己的慌乱只是因为害怕丢失一个忠实客户。但事实上,爱美莎明明已经一年没有帮他达成任何销售任务。

他在那一瞬间忽然意识到,这个他认命了五年的工作也许并不适合他。他并不是一个天生的演员。对于他来说,即使是再遥不可及的角色,也需要认真地让自己身临其境,才有可能把听众说服。他既然不能做到完全冷血,面对别离也就无法无动于衷。

宋秉志正处在手足无措的忙乱之中。忽然间,整个办公室的光线转为紧急闪烁的鲜红色。这是一个工作信号,提醒所有的员工有最高优先级的产品推销指令将要下达。紧接着,一个完整的广告信息覆盖住宋秉志的屏幕,阻挡了他搜寻、求救的动作。

逼仄的办公室瞬间进入更加紧急的备战状态。公司最近一定是撞了大运,又有庄生公司那种量级的行业巨头丢来了隐秘的橄榄枝。

宋秉志看着那个暧昧又情色的产品信息,心脏里猛地掀起一场海啸。

"你知道中村株式会社吗？"他忽然这样开口问爱美莎。早把挽留的意图丢到九霄云外，此刻只想找个人把看到的事情聊出来，缓解心里的震惊和焦虑。

广告里的是中村株式会社新开发出来的一款性爱娃娃。

这种解决性需求的人性商品，最开始是造型可笑的充气娃娃，后来发展到高仿真型硅胶娃娃，再然后又出现仿生皮肤材质、生物蛋白材质的娃娃，一个一个越来越逼近真人的样子和触感。

眼下，广告里的那个性爱娃娃就长着一张宋秉志熟悉的脸。

虽然那双眼睛里已经没有了灵魂，但是他认得那张脸。

2

宋秉志一度以为文素英这个名字将永远从他的生命里消失。但不可否认的是，在他的整个青春期里，这个名字都像一个神圣的符号，发出光芒，些微地照亮他暗淡卑微的人生。

在遇到文素英之前，宋秉志一直认为自己的人生已经被父亲完全毁掉。

在宋秉志出生之后，他的父亲就坚决地顶住所有压力，做出了一个震惊四座的决定。他拒绝为自己的孩子植入身份 ID 芯片。

在这个年代，出于网络安全的考虑，全球各国政府都达成一致，要求每个自然人都在网络世界拥有独一无二的身份 ID，这是一个自然人进入网络世界的法定前提。

父亲当初的决定就像是一把尖刀，大刀阔斧地把宋秉志的人生削成一条细线，在出生以后，宋秉志的未来其实就已经没有了选择。没有资格与网络世界联通，意味着无法融入正常的社会生活。在求学的年龄无法入学，在求职的关口不能胜任，甚至连认识朋友、结婚生子都隐隐成了遥不可及的奢望。

父亲从没有跟他解释过这么做的原因，仿佛是默认了人生的荒诞和虚无，于是从宋秉志的童年时代起，就对他放任自流。不能接受正常的学校教育，父亲就以一种原始古老的方式在家教育他。在图像信息全面占领整个世界的时代，父亲教他认复杂抽象的生僻文字，让他读早已成为装饰品的书本。

虽然大人们的人生几乎已经全部被网络复制，但孩子们还保留着隐秘而断续的线下交往。宋秉志在同龄人嬉闹而猎奇的谣言臆测中，成了一个证据确凿的异类。有人说他家里是地下反抗军，密谋推翻科技网络；有人说他生来就有残疾，身体里带着病毒，一旦接入网络就会污染整个世界；有人说他其实一切正常，这些做作的把戏不过是为了让自己显得独特出众。

无论这些谣言从哪个方向生长,最后都指向一个目的地:对宋秉志的攻击。

孩子们总是天真地轻信:跟我们不一样的人,一定是应该被惩罚的。

而对于宋秉志来说,能够暂时逃离家里父亲的阴影原本是唯一的喘息机会。可那些他一心想要亲近的小伙伴们又将他逼回了那个压抑难耐的壳中。

直到文素英出现。

那一天,宋秉志在路边的沙土地里看到了一只蚂蚁。八岁那年从书上第一次知道了这种生物,宋秉志就激动不已。年幼的他还很难解释清楚自己心底的感觉。他其实是无处可以归属的人,所以蚂蚁那种规则分明、层级森严的群体生活对他来说成了吸引。他总是觉得,无论再渺小无力,无论再阴暗软弱,只要有一个地方能够回去,这个世界好像就是可以忍受的。

书上说这种昆虫几乎已经跟人类绝缘,只要人类生活的地方蚂蚁就不会出现。可没想到在十二岁这年,宋秉志竟亲眼见证了这生命的顽强。他强压住心底的激动,悄悄跟随着那只蚂蚁,希望能够看到整个巢穴。

就在宋秉志低着头专心向前的时候,一只脚霸道地横亘在他眼前。那只脚做戏般拼命强调自己的存在,踏在蚂蚁上,还要狠狠地拧几下。宋秉志抬头看,是那群从小把自己欺负大的孩子。看着那群因为恶作剧得逞而洋溢着廉价快乐的脸,宋秉志心底的压抑和愤怒全都爆发。他眼前一片漆黑,靠着本能冲了上去,抓着那群人就开始打。分不清也顾不上手里抓住的是哪一个人、哪一块肉,只知道用劲地往死里打。那群小孩也不过十二三岁,从没看到宋秉志反击,早就被这疯子一般的状态吓傻,哭着逃命般各自跑开。宋秉志看着那些逃窜的背影,慢慢安静下来,这才发现自己满脸都是泪和血。

宋秉志顾不上自己,转头回去寻找那个已经被踩扁的蚂蚁。但沙土地上满是脚印,哪里还看得到一只小小的蚂蚁。宋秉志忽地跌坐在地上号啕大哭起来。就是在那一刻,他第一次明确地感受到了自己人生那无解的悲剧。

"你好丢脸。"一个女孩儿的声音。她的话听起来带着戏谑的鄙夷,但宋秉志抬头看,她的脸却温暖、明亮、愉快。阳光穿透她的发丝来到宋秉志眼前,刹那间就把他同刚才的世界隔绝开来。

"你在找这个吗?"女孩儿继续说,递给他一个小小的玻璃瓶。宋秉志接到手里,看到里面装着那只小小的蚂蚁尸体。

"谢……谢谢……"宋秉志感到说不出的狼狈。

女孩儿微微一笑:"男孩子以后不许再哭哦!"她向宋秉志伸

出手。

"哦……"宋秉志愣愣地握住她的手。女孩儿猛一用力,将他从地上拉起来。那是第一次,在宋秉志的人生里,有人向他伸出手,不是为了把他推倒在地,而是拉他一把。

"我叫文素英,你叫什么名字?"

"宋秉志。"

"宋、秉、志!我刚搬到这里来,你就做我的第一个朋友吧!以后有人欺负我的话,你要保护我哦!"文素英说着,又冲他笑笑,然后转身离去,跑向路边。跑了两步又停下,回过头来补充一句:"他们要是再欺负你,我也会保护你的!"

"朋友……吗?"宋秉志看着那个小小的背影,不争气地流下了眼泪。

从那一天起,文素英这个名字就刻进了宋秉志的生命里。

宋秉志后来知道,文素英的父母都是高级教授,来到这座小城,搬到这个鱼龙混杂的社区,是为了他们新的研究课题。在整个人类社会生活向网络世界转移的大趋势之下,他们认为抓住仅存的样本研究人与真实自然的关系是紧迫而必要的事情。但对那时的宋秉志来说,这些都是无关紧要的小事。

重要的是,文素英出现了。

重要的是,文素英终于出现了。

3

宋秉志站在这个花花绿绿、琳琅满目的展示大厅里，感觉到前所未有的局促。这是微弱自卑的人在遭遇某种恢宏高傲的存在时，会从心底油然而生的那种局促。

这里是中村株式会社的公司博物馆，在这儿能够找到从公司成立之初一直到现在的所有商品。跟随着女向导温柔的声音，整个公司的发展脉络清晰可见。通常，前来参观的人会在其中隐隐感受到某种联结于时代和科技的宏大力量。

完全相反于网络科技巨头庄生公司，中村株式会社专注于实体商品的研发和销售。从环保舒适的胶囊公寓，到雕刻身形的科技面料。这个公司始终执着于提供可以被触摸和拥有的物质商品。

而丰盛的物质生活自始至终都与宋秉志无缘。所以他无法对中村株式会社的发展感同身受。印在他心里的不是与宏大共生共存所产生的骄傲，而是更清晰地意识到自己的边缘化与弱小之后产生的畏惧。

公司博物馆最正中央的显著位置，始终是留给公司的最新产品的。此时此刻，这个产品是"文素英"。

宋秉志看着站立在玻璃柜里静止不动的美丽胴体，伸出手轻轻触碰着冰冷的玻璃，心里说不出是什么滋味。

又一次地,命运像是一只巨大的手,恰到好处地把他拨到生命的边缘。

在"空气森林"公司的岗位上,宋秉志第一次无法抑制心底的狂乱和震惊,完全忘记了公司的保密守则,在通话里明目张胆地跟客户聊起了商品背后的制造公司。

爱美莎自称曾经是中村株式会社的签约模特,帮助造势了好几件热卖的产品。宋秉志在那一瞬间抛弃掉所有的顾虑和懦弱,急切地想要抓住这个被他称为 A018 号客户的女人。那是他能够抓住的唯一稻草。不是救自己,而是接近文素英。

"以后有人欺负我的话,你要保护我哦!"

这是曾经许下的承诺。宋秉志想要至少弄清楚文素英身上究竟发生了什么。

监测到宋秉志的违规行为之后,公司内部响起了尖锐的警报声。强硬的安保人员从远处向宋秉志冲过来。在极度的慌乱和恐惧之中,宋秉志还是强迫自己镇定下来,跟爱美莎约定了见面的时间和地点。

按照规则,宋秉志原本会被公司起诉至商业法庭。但宋秉志心里明白,一旦走入正常的司法程序,使用非法身份 ID 芯片的事情就会暴露。那时,等待着他的就不仅仅是商业起诉这么简单的麻烦了。于是,没有选择地,宋秉志接受了另一个解决办法。他主动离职,对外不再提起公司的任何大小事,放弃和归还五年来所有的福利、绩效、奖金，把手上的客户自然地让渡给其他同事。

丢掉了工作，没有了钱，甚至连租下来的破旧老公寓也不得不退掉。

但宋秉志牢牢记着跟爱美莎的约定。靠着这个仅剩的客户，宋秉志得以来到中村株式会社总部，亲眼看到这具美丽的胴体。

他问："她……是怎么到这个地方来的？"

美女向导微微一笑，嘴角的弧度被训练得恰到好处，看起来温柔又亲切："听起来，你觉得这是个人类呢！但是，她其实只是看起来像人类而已。她是我们公司研发生产出来的商品，暂时被命名为'情人一号'，是属于中村株式会社的财产。她并不是'来到'这个地方的呢！"

"可是……"

"她看起来太像真的人了，对不对？这啊，都是基因科技的功劳。你会不会常常觉得我们的生活完全被冷冰冰的机器围绕，连交流都很难找到一个活人呢？这是我们公司研发这款产品的初衷。让所有人都能够拥有一个生动鲜活的伴侣，可以拥抱，可以爱抚，可以做所有你想做的事情。是不是很棒呢？"

向导的言辞和语气都鼓舞人心，但宋秉志却并没有被感染。他依旧以那种忧伤而不解的眼神盯着情人一号。

他在心底里还是叫她文素英。

向导察觉到了宋秉志的情绪:"其实啊,这款产品虽然已经研发成熟,却迟迟没有推出上市,也是考虑到了现在大家的接受程度。虽然是造福人类的好产品,但是如果一旦超出了时代所能够接受的极限,还是很麻烦的呢!我偷偷告诉你啊,你现在可以赶快买进我们中村株式会社的股票!因为公司正在筹划一个跨时代的宣传计划,用来推广情人一号。一旦这个计划开始实施,公司的股价肯定会……"

向导戴在左耳的通信仪亮起了红灯。她给出一个抱歉的表情,侧过身去接收指令。随即,她又转身看着宋秉志,脸上挂着明媚的笑容:"勒德先生,看来爱美莎那边一切进行顺利呢!我带您去见负责情人一号项目的销售总监吉姆士先生。您的愿望很快就要实现了。"

勒德(Luddite)是宋秉志对外的名字和身份。他没得选择,母亲拼尽老命从黑市给他换来这块身份ID芯片,好让他有资格连接进入巨大的网络世界,在未来独自生活的日子里稍微有生存下去的可能。黄人的脸孔却有白人的名字、身份。虽然怪异可疑,但宋秉志一直让自己活得卑微而隐形,因此没有人会在意。

宋秉志跟着向导从公司博物馆向内部办公区走去。很久没有人用声带发音当面喊出那个名字了,这个仿佛已经很遥远的身份又被重新唤醒,宋秉志隐隐有些不安。他问:"爱美莎……她现在在哪里?"

向导很轻易地猜出宋秉志的想法。她指了指头顶,然后说:"她没办法陪你的。她并不是公司的正式员工。能够进入办公区域已经算是破例了。"

宋秉志顺着向导的手抬头看。他的头顶上,透明的员工通道里,爱美莎被传送带缓缓地送出去。爱美莎也看着他。宋秉志觉得爱美莎的眼神很奇怪。

那似乎是一种刹那间洞晓宿命之后所流露出的释然和悲凉。宋秉志忍不住想问,在她来到中村株式会社之后这短短的时间里,究竟发生了什么?但终究,他只能仰着头,目送爱美莎离开。

他努力挤出一个笑容,朝头顶挥挥手。此刻也再没有别的方式表达自己的感谢了。

爱美莎却忽然别过头不看他了。

4

宋秉志身处一片黑暗之中,全身都瑟瑟发抖,动也不敢动一下。他知道自己在中村株式会社总部,但不知道具体跑到了哪里。

轻轻向前走了两步，有光线缓缓地亮起。宋秉志发现自己站在一个无人的走廊里。走廊的顶极高，以容纳两旁种满的各种植物。他仍旧不敢动，双眼酸酸的，害怕得想哭。

不知道爱美莎同公司高层的沟通究竟哪里出了问题，宋秉志被带进公司办公区以后，发生的一切都与他的需求和预想背道而驰。

他没能见到任何高层。乘坐透明的圆形管道上升到某个高度之后，向导将宋秉志带入一个纯白色的房间，然后径自离开。在那房间里，销售总监吉姆士通过屏幕简单跟宋秉志交代些许信息后，也就此消失。

宋秉志知道有误会产生，但想要解释却毫无机会。似乎在中村株式会社的人看来，能够让他进来这里，产生这些沟通接触已经算是恩赐了。宋秉志想要知道为什么文素英愿意贡献出自己的基因，以供大公司生产这样的产品，在分开的这些年里，她的身上究竟都发生了些什么？而中村株式会社给予宋秉志的机会是，进行基因贷款，从而先于世人拥有这个无与伦比的产品。

关于"了解"这个词，不同的人延伸出来的解读真是千差万别。

宋秉志明白自己绝对不能接受基因贷款。金融机构之所以愿意用这种方式将巨额的信用值"随意"借贷出来，是因为这种贷款的负债信息是同时被刻在身份 ID 和基因里的。金融机构从此没有了烂账的忧虑。从此以后，这个身份 ID 所挣得的每一个信用点都会优先被用来还债。而即使借钱的人在世时没能把钱还完，负债信息也会顺着基因被他的后代继承。欠钱越久，利息越高。

当然，宋秉志害怕的并不是负债之后的艰苦生活。他对生活的磨难早已经麻木。他害怕的是，冒用了这么多年的身份就此会被戳穿。

他的身份ID和他的基因信息显然并不匹配。

躲闪、抗争、反击，全都无用。最终，生物金融机器人还是将那个满载着复杂信息的针管刺进了宋秉志的皮肤。

机器人的设计者并没有预料到会需要处理这样的状况，因为没有哪个使用了假冒身份ID的人会傻到去办理基因贷款。现场状况超出了程序预设的应对方案。随着警铃大作，所有原本势不可当的机器人因为程序超过负荷都乱了阵脚。宋秉志想都没想就冲出了那间屋子。

没有了员工引导，宋秉志无法进入那个透明的圆形管道。他慌不择路，只是跑，向前跑。朝着所有阴暗的、无人的地方奔跑。

等到宋秉志终于冷静下来开始关心自己的处境时，他已不知道自己究竟跑到了哪里。这条走廊弯弯曲曲，看起来没有尽头。走廊的两边，隐藏在植物丛中的，是一扇扇模样各异的房门。

宋秉志顺着走廊走了很久，才发觉这些植物和门并不是随意分布的。那些父亲曾经教给他的无用知识竟然在这个怪异的处境里产生了意义。这些形状各异的植物是以灭绝的时间为轴线排列着的。在宋秉志刚才站立的地方，走廊的尽头，是今年刚刚被宣布灭绝的一种古树：香樟。

当然，在科技如此发达的时代，宣告灭绝的植物只是消失在人类世界。在那些控制严密的实验室里，它们仍旧存在。

只是，全都远离了人类的触摸和亲近。

而那一扇扇房门，也都随着植物灭绝的时间线排列，演示着防盗技术的发展脉络。

没有人追上来。宋秉志的心渐渐安定了一些，他开始好奇，在那些门的背后究竟装着些什么秘密。

轻轻去推，一扇小门应声而开。屋内光线暗淡，但还是能够看得清楚，是一些形状各异的胶囊公寓。大部分都是破碎的零部件，也有些是完整的产品，但跟最后售卖的版本看起来有差异。

再往前走，另一扇门内，是一种版本的雕刻面料。存在这里的面料与服装并不像售卖版那样将人的身体展现得曼妙玲珑。仿真模特和活体动物都被挤压、雕塑得奇形怪状，在这阴暗的环境里看起来有几分惊悚瘆人。

宋秉志瞬间明白了，这是另一个版本的公司博物馆。只不过按照脉络存放着的，是那些在实验里失败了的产品。

一个想法猛然捕获了宋秉志的心：那么，在最靠近现在的那间屋里，陈列着的又会是什么？

想到文素英的脸，宋秉志觉得有些窒息。

他沿着原路狂奔回去，在走廊尽头的那扇门前伫立良久，然后轻轻推开。

虽然早已经在心里假设过无数次可能看到的场景，但这个昏暗平凡的房间还是让宋秉志的整颗心都爆炸开来。

或扭曲或正常的头颅，断裂开的手和脚，上半身，下半身，生殖器官。宋秉志面对的是无数个碎裂变形的"文素英"。在一个夸张地爆裂开的脸上，依稀还能够找到那个模式化的、无神的温柔笑容。

展示大厅正中央那个完美无瑕的胴体背后，堆砌着这样如山的残肢断臂、破碎笑脸。

宋秉志站在原地，感觉连内脏都因为恐惧而颤抖着。他的眼角渗出泪水来，说不清楚是因为伤心还是害怕。

抹了一把眼泪，宋秉志疯了一般地向走廊的另一头冲去。

这条蜿蜒曲折的路并没有看起来那么长。很快，宋秉志被一面巨大的玻璃墙挡住了去路。玻璃的那一面是浓密的黑雾，看不清楚是什么情形。

这条死路让宋秉志恐惧起来。先前那些敏感伤怀的情绪渐渐退去，他再次回到这进退不能的现实中来。虽然现在看起来还没有被发现、被追踪的迹象,但是宋秉志并没有蠢到以为自己可以永远安全地待在这里。

在走廊里来回踱步,烦躁不安。宋秉志其实本来已经不太在乎判刑或者枪决。对于这样的他来说,在哪里都是一样,监狱没准更美好。生命本身对于他来说并没什么值得留恋,所以死刑也没那么可怕。可现在,有些改变已经发生了。文素英的脸再一次出现在他的生命里,挥之不去。

一想到身份暴露之后将会遭遇的一切,宋秉志感到一股不可言说的惶恐和痛苦。这些情绪那么陌生,以至于他体味了很久才明白,他害怕的是,失去自由之后也许就再也不可能知道文素英究竟遭遇了什么、此时此刻又在哪里。

也就永远无法兑现自己曾经许下的诺言。

身份 ID 芯片。

想到这个带来希望也伴随着麻烦的伪造身份,一个人的面孔忽然划过宋秉志的脑海。那个头发花白、眼神邪恶的老头。

那是最后一个他可能求助的方向。

一想到这个面孔,某些虽已远去但想起时仍旧痛苦难忍的画面就会浮现眼前。母亲颤颤巍巍地带着自己跑去黑市,跪在这个老头面前不断磕头,求他给儿子找一个弃置的身份 ID 芯片。

宋秉志深吸一口气,知道自己没得选择。在他有限的人际圈子里,那是唯一有一丝丝可能把自己救出去的人。

他强迫自己冷静下来,依次探查那一个个形态各异的门背后有没有可以利用的工具。

宋秉志依稀记得,十年前,母亲正是利用中村株式会社的一款秘密通信设备来联系黑市的各路卖家。这个日本血统的公司从诞生之初就与庄生公司针锋相对。庄生公司推出了基于身份ID芯片的点对点虚拟通话系统,中村株式会社就开始宣扬基于身份ID芯片的交流会被记录和泄漏,并据此推出以保护隐私为卖点的实体通话设备。

宋秉志并不清楚这个设备投入市场的确切时间,他只记得十八岁那年母亲费尽心机才找到一个黑市通行的"古董机器"——母亲那时候是这样叫它的。在正常的人类社会,通信技术早已经又进化了十几个世代。但黑市交易仍旧偏爱这个古老的设备,只为着它的隐蔽性和安全性。

一个门一个门看过去,快要走到中村株式会社发迹的源头。宋秉志终于在一间房里找到或残碎或完整的通话器。

拨开许多机械碎片,宋秉志找到一个看起来完整可用但与当初那个"古董机器"造型略有不同的设备。

深吸一口气,宋秉志按下电源键,再把机器与自己左臂上的身份ID芯片接口连通。机器可以自动识别并寻找该身份所拥有的社交网络,再利用现存的通信网络完成通话。宋秉志身上这枚名字是勒德的身份 ID 芯片，在安装之后得到的第一个社交信息就来自那个老头。

认识他的人都管他叫老千。这是一种关于骗术的古老称呼。大家都说这个名字只有老头能够撑得起来。只要他愿意，可以骗过这整个时代。

宋秉志还记得，在那个肮脏灰暗的手术台上，只有一盏忽明忽灭的灯泡照亮着他正在接受植入的手臂。之后，老千把灯泡往上拉，杵在两张脸之间。

老千冷冷地说："以后有什么事情都可以找我，通过这个身份信息就可以。"他说着，将自己的身份 ID 信息注入了宋秉志身上新芯片里的社交圈。宋秉志明白这不过是他无数个身份中的一个，但仍觉得受宠若惊，忍不住问："为什么？"

"算是我给你妈的一个交代。"

宋秉志那时候并没有听明白老千的话。但是从手术台上走下来之后，他就再也没有见过自己的母亲。他隐隐明白了一个残酷的事实：自己接受手术和母亲忽然消失之间存在着某种神秘的因果关系。

老头的声音听起来仍旧脏污冰冷，与十年前并没有区别。

他还记得宋秉志，并没有多问为什么宋秉志会被困在那个奇怪的地方，毫无废话地跟他交代清楚了逃走的唯一可能。

老千说，中村株式会社的总部算是个奇特的建筑。这个奇怪而又固执的公司，不仅在理念和产品上完全与网络科技公司的虚拟策略针锋相对，就连自己的公司总部都选址在远离市区的地方，以有机生物体的概念设计建造了整栋建筑。宋秉志看到的那些透明圆形通道，类似于生物体的血管，只有真正重要的血液——也就是内部员工，才能通行。而他此刻所在的蜿蜒通道，则模拟着生物的大肠，用来储存、排泄身体所产生的废物。血液绝不会流入大肠，所以宋秉志能够安全地待在那里，不被追捕。

但是，这种安稳始终无法维持太久。进入身体的异物，总是会让身体感觉不适。要么排出，要么消化。

宋秉志想要获救，唯一的办法就是把自己伪装成一个被这具身体完全弃置不用的废物，让这栋建筑自然把他排出体外。

老千的话让宋秉志略微安心下来，但他还是搞不清楚究竟怎么样才能出去。继续追问，老头发出一阵邪恶的笑声，说："具体的我并不清楚，前面跟你讲的也不过是小圈子里的陈年旧闻，有几分真实性？谁也搞不清楚。话说回来，如果那建筑真如传说中那样精密、有机，你又怎么可能随随便便跑一跑就到了最安全、最接近出口的地方？吃了人的老虎还能不做消化就把猎物完整排出去？幼儿园里被赞美的天真可爱，在残酷的现实社会里可一点儿也不吃香啊！嘿嘿！我能做的，只是祝你好运。"

老千讲完即刻挂上电话。

宋秉志愣了好久,才开始动作。他静下心来仔细查看这个走廊和两旁的房间,终于明白老千所谓的"排出体外的废物"是什么意思。

整个走廊、每间屋子里,都有独立的环境监控系统。这是为什么这里能够存在如此多被宣布灭绝的植物;这也是为什么明明许多产品是以有机生物体作为实验对象的,却也能毫不腐坏地存在于此。以雕刻面料为例,这种面料制成的衣物能够制造出一种近乎匪夷所思的塑形效果。为了确保这种面料制成的衣服可以智能无害地对人类的身体进行塑形,公司在试验阶段牺牲了数不清的动物和模型。

在这个另类的公司编年表上,存放雕刻面料的房间里也留着很多死亡动物,它们全都被各式各样的面料包裹着,扭曲成怪异的形状。这些尸体没有腐烂,可能是得益于房间里智能调控环境的电脑系统。

那么,如果出了哪怕一点点差错,有哪个动物真的腐烂了呢?

老千那句"排出体外的废物"给了他这样的联想。

宋秉志找到一只被剃光了毛的肥猪。那头猪的身体被面料紧紧包裹,扭曲成夸张的 S 形。猪的双眼紧闭,皮肤已经发干。宋秉志费尽力气把肥猪从面料里剥出来,那个坚挺的 S 形身体立即塌陷、耷拉了下去。宋秉志环顾四周,没有找到可以利用的工具。他咬咬牙狠下心,给双臂的肌肉里灌注进力气,徒手开始撕扯肥猪的肚皮。

不知道放置了多久的尸体,虽然没有腐烂,但是所有的细胞都已经干瘪。宋秉志没有费什么力气就徒手扒开了肥猪的肚皮。一时间内脏横流、满地血污。敏感的检测系统很快就察觉到了房间里的变化。数值图标猛烈地跳动。肥猪身下那块地板的材质开始变化,伴随着一阵柔软蠕动,那一整具尸体随同着被剥下来的雕刻面料被快速送出了房间。

宋秉志颤颤巍巍地追出去看,一整头猪被送到走廊尽头的玻璃墙跟前,那面墙像门一样打开,黑雾涌出,包裹住死猪把它送了出去。随后玻璃墙再次合上。

一切快得像是幻影。

但宋秉志明白自己需要做什么了。

他唯一能够伪装的,是一个破碎腐烂的人类尸体。虽然对黑雾里未知的一切都感觉恐惧,但除了留在这里等死,否则这是他唯一的选择。

而这个仿若活着的建筑,越来越让他感觉惊悚。

宋秉志木然地走到走廊最开始的那间房里去。那里有无数个"文素英"。

撇开所有那些初见时的惊惧和刺激,宋秉志在这间房里又看出些新的端倪。在那些废弃的肢体之间,还有着各种行业的服装和工具。护士、女警、空乘、教授……曾经的销售工作让宋秉志很容易就理解了这些看似没有关联的细节。

在"文素英"的身体被大众购买、拥有了之后，中村株式会社就会乘势推出许多的增值服务，进一步挖掘这个商品获利的可能。每个人对女人的幻想必然不一，在拥有了身体之后，你可以再为她购买身份。

宋秉志在赤裸破碎的身体之间不知道静坐了多久，才终于平静下来。他的左手边，是一个培植失控造就的超大型女体。他把那具身体费力地拉到面前，又把刚才对肥猪做过的事情再做一遍。

宋秉志躲在"文素英"的腹腔里，努力把肚皮重新拉起来，盖住自己。

然后等待着。

地板再一次变得像一只柔软的大手，把"文素英"和宋秉志一起运送出去，奔向那片未知的黑雾。

宋秉志曾经无数次幻想过跟文素英亲密拥抱的时刻，但不是以这种方式。

他缩得更紧了。

瑟瑟发抖。

5

黑市,既是指一个地方,也指某种生存方式。但无论是哪一种意义上的黑市,都早已跟从前迥然相异了。

十年前宋秉志随着母亲来到这里时所见识到的阴暗、诡谲、无序全都消失。那种虽然黑暗但却强劲的生命力曾经扑面而来。但如今,这里却像是一个垂垂老矣的人,萎缩、失势、畏惧。

老千的房子曾经最是显眼,踏入这块土地的人只要抬眼一瞧那房子,就能明白老千的呼风唤雨。但此时,他早已搬到了更远、更深、更隐秘的地方。

老千说:"十年啦。那是这里最后的好日子。各家公司,说得客气点是百家争鸣。他们斗来斗去、你进我退,捞到便宜的反而是我们。所有的脏活儿暗活儿只有我们能做。可是这十年啊,变化太大啦。斗到后来,也就只剩下那么一两家公司越来越大,他们不仅用不着我们了,反而要过来招安。哼!群雄争霸的时候,我们是他们的好帮手。一切简单明了,拿钱办事。可现在,他们壮大了,我们就显得碍眼了。现在啊,也就老头子我还死撑着原来的老本行、旧道义。也是怕,万一,哪怕万一,要再有你这样活不下去的臭小子找来,可别求人都找不到地方磕头哟!"

整个黑市的建筑和生活都变得规整有序,几乎让人误以为是哪个新兴的小型都市。这小城市里的商业势力划分与所有臃肿华丽的大都会毫无二致，实体的归中村，虚拟的归庄生。井水河水，界限分明。

老头的眼睛看着远方，有些迷蒙。不知道是想起往事还是忧虑未来。

宋秉志知道在如今这个世道，履行十年前的诺言搭救自己，对于老头来说是多么困难和严重的事情。宋秉志如老千所料，伪装成废物之后被排泄到了中村株式会社的中央垃圾场。系统自动将他分类为动物尸体。神通广大的老千早已经遣人以垃圾运输者的身份将他偷偷带了出去。

后来谈起这事，老千又露出那古怪的笑容："你知道，要是我不差人去接你，你会变成什么吗？大城市无数餐厅厨房里的肉块！就算是实验室培育的食用肉类，也总得要细胞原料吧？哪来的？嘿，这些大公司，可不愿意浪费一分一厘花出去的钱！"

宋秉志不知道该怎样表达自己对老千的感谢，只能他说什么都听着，他做什么都帮着。不谈正事不问明天，像一对相守多年的祖孙。

在这样缓慢的节奏里生活着，宋秉志几乎都忘掉了正常社会其实走得又短又平又快。

无论是中村株式会社的性爱娃娃还是庄生有限公司的智能薄膜，都已经开始了轰炸性的宣传攻势。宋秉志看着各种屏幕里的绚丽画面，感觉文素英距离自己那么远。

各种各样的活动和讨论像节日庆典一样涌现、绽放。有人在公开发售之前，提前通过特殊渠道拿到情人一号，发布了长篇累牍、事无巨细的试用报告。

宋秉志却克制住不去触碰任何这方面的消息。

他害怕。

是害怕压抑不住心底的愤怒做出什么傻事，还是害怕面对自己其实懦弱无能、什么都做不了的事实？宋秉志说不清楚。他努力过一次，不仅失败了，而且还连累自己再次落入正常生活都成奢望的境地。

在老千身边了解到的点点滴滴，让宋秉志不得不把胸口那团微微燃起的火种浇灭。他真切地看到了自己其实多么简单幼稚。他曾经对一个名叫"步履"（StepS）的非营利组织怀抱好感。这个组织一向高调，所以即使是活在阴影里的宋秉志都听过他们的名字与理念。"步履"号召人类重新过上与自然亲密接触的生活，去亲口品尝小麦与鸡肉的口感和香味，而不是食用化学制造的人工肉菜；去徒步丈量自然的尺度和气息，而不是通过虚拟的网络旅行团在狭窄座椅上经历幻象美景。这样的号召让宋秉志想到文素英的父母。那一对忽然出现又忽然消失的神秘知识分子。

但是老千的一席话击碎了宋秉志所有的美好想象。

"你真的相信在这个时代还有这种善良生存的空间？即使有这样的种子，土壤也早就消失了！你好好想想，他们号召你回归的那个自然，还存在吗？现在这些所谓的自然，哪一块没有被中村那个家伙染指？他们号召你远离的一切，不都是庄生公司的业务范围？"

"你的意思是……"宋秉志听明白了，但还是不敢亲口确认。

"他们不是什么非营利组织，背靠着中村株式会社那棵大树呢！顶多算是中村手底下的宣传机构。他们跟我接触好多年了，希望我能够加入他们，作为黑客破坏庄生公司的网络服务。"

宋秉志于是沉默了。连久负盛名的"步履"背后，都隐藏着如此惊人、黑暗的秘密，他有些不敢想象那成百上千、或大或小的公益组织、宗教机构又有着怎样的真相。在老千身边所经历的一切，让他更加看不清中村株式会社和他们口中的情人一号了。对于如此复杂、强大的商业机构，自己走进去、走出来，可能只是巧合吗？

在电视节目里听到自己名字的时候，宋秉志正在帮老千跑腿办事。

那一天，宋秉志代替老千去跟"步履"的负责人会面，这一次老千想要一劳永逸地拒绝他们。老千打算通过"步履"把自己去世的消息散布出去，然后带着宋秉志永远地隐居起来。这样，连带着"步履"和所有其他不时上门的各种组织机构都只能消停下来。

"时代走得太快啦!我们既然跟不上,就只能往后退了。"老千这样跟宋秉志感叹。

宋秉志走在与"步履"会面的路上。在路旁包围着他的屏幕里,宋秉志听到了自己的名字。

虽然对话使用的是英语,但是宋秉志确定自己没有听错。

仿佛是等待已久的一个召唤,宋秉志心里反而有些东西落了地。他隐隐知道自己不会这么轻易地逃脱,但是没有想到会是以这种方式被重新卷入。

宋秉志驻足观看。那是当下收视率最高的聊天节目。主持人和嘉宾都裹着极尽夸张绚丽的妆容和服饰。

从节目里,宋秉志才知道原来离开中村株式会社总部之后,他就成了被通缉的罪犯。罪名是伪造身份、窃取商业机密。在主持人极为煽动的言辞里,很容易听出来她把宋秉志暗示为反抗军的一员,伪造身份和窃取机密都是为着推翻大公司这一最终计划。

某一个节目嘉宾似是不甘心所有的镜头和焦点都被抢去,于是赶忙言之凿凿地说,自己通过秘密调查,证明了宋秉志和情人一号的原型之间有过一段轰轰烈烈的爱情。

此言一出,整个节目现场都沸腾了起来。情人一号的原型?这是第一次被爆出的话题。还有轰轰烈烈的爱情故事?更是加分。

那个嘉宾显然很满意现场的反应。

节目更加热烈地进行。宋秉志却木然迈开了步伐。

一个默默无闻的宋秉志，怎么会被煞有介事地拿到这种重量级的节目里讨论？而那从未发生过的爱情故事，又是怎么一回事？

他似乎看不懂，又好像都明白。

整个大脑都被一些散碎的细节霸占，不知不觉来到了约定见面的地方。

宋秉志愣住了。

没有人。

约定好的穿着、暗号、人群，全都没有。

宋秉志隐隐有一种不好的预感。他掉过头，猛地往回冲。

回到老头的住处时，预感坐实，一切都已经晚了。

"步履"组织的人并没有按时赴约，而是转而出现在老千家，把他控制住了。

宋秉志第一次在老千身上看到了疲乏和老态。

领头的人说，既然老千不愿意为他们所用，那么好歹也不能被别人利用了去。他们会把老千送交政府，挣取赏金。

不知道他们从哪里得到了老千打算以去世作为借口彻底隐退的消息，提前下了手。他们对"彻底隐退"有不同的解读。他们不相信老千真的打算金盆洗手，于是认定他一定是接受了其他组织的邀约。

宋秉志脸色煞白，开始止不住地发抖，说不清是因为害怕还是愤怒。

终究，他最后一个能够暂时埋着头缩进去的草窝，也被彻底掀开烧毁。

领头者看到他的样子，嘴角忍不住露出嘲讽的笑容："你知道为什么我们留在这里等到你回来吗？"

宋秉志看着他，还是抖，不说话。

"我们想要给你个机会。不知道你交了什么狗屎运，中村株式会社和庄生有限公司计划要合力把你打造成全民瞩目的英雄。没有任何人比我们'步履'组织更清楚现实世界的环境，为了确保万无一失，找到你、传达信息这么重要的事情就由我亲自来做。"

老千扑哧一声笑了出来："他们真是每隔几年就要……"老千的话没能说完。领头者回身给了他一个耳光，阻止了他想要说出口的话。

"两大原本对立的商业巨头，只为了你一个人破例联手。这是会被记载进历史的事情，多少人跪着求也求不来的好机会！"领头者像是在宣读广告，继续说着。

当然，这个时代，每个人张口说话都像是在复述广告。

宋秉志仍是那样低着头，不说话。

他是个懦夫，他自己明白。他不想做什么英雄，他只想有一个健康正常的家庭。没了爸爸、没了妈妈,那么有一个临时出现的爷爷也好。

他不想做英雄。

"这是你唯一的机会。成为英雄,就可以救你的文素英,就可以救这个老头子。"

宋秉志抬了抬头。

"不过,"领头者哂笑道,"说得好像你还有什么选择似的。被逼到这个份儿上,你的人生该往哪走还能由自己做主吗?"这一回,不是广告语了。这是他的真实想法。

"答应你们之前,我还有最后一个问题要问老千。"宋秉志的声音又低又沉。

领头者挑了挑眉毛。

"我在你这里做完植入手术就再也没见过我妈。先前你好心收留了我,我想问却也不敢问。现在,你能告诉我吗?她身上究竟发生了什么?"

老千愣了愣,刚要张嘴,领头者又给了他一个耳光。

"不需要他回答你。你答应去做英雄。在你冒险的旅途上,你就会找到所有你想知道的答案。所有。"他像是一个巨大的黑影,压在宋秉志面前,又吐出了一句撰写精美的广告。

6

宋秉志被带去了庄生公司总部。

这里跟中村株式会社截然相反,极尽可能地张扬出现代科技的力量与美感。公司大楼地处大都会最昂贵的地段,建筑的每一寸都简洁、利落,不繁复,但够有个性。公司大楼里密布着屏幕和摄像头,在物质实体的建筑之外,公司巨大的网络数据库里,复制了一个虚拟的总部建筑。这幢大楼里的所有物体、生物,甚至思想和行为都在网络世界里有一份平行存在的虚拟版本。实体、虚拟彼此叠印、共同存在。

同一个建筑,却有两个世界。

宋秉志行走在这个每一寸地板都看起来昂贵无比的建筑里,甚至指认不出墙壁的材质。

他被带入一间充满了监控设备的房间。这里所有的摄像头都经过了法院认证,所拍摄的影像可以作为法律证据。陪同指导、见证的,还有三个律师。在这样严苛的注视之下,宋秉志签署了一份繁复厚重的文件。这显然不是一个适合阅读的场合,他只来得及在迅速翻页的间隙略微瞥到合同的碎片,就签上名字、印下指纹、留下基因数据。

正如"步履"组织的首领所言,此时此刻的宋秉志不过是一个还能够思想和言语的偶人,他的生命朝向哪里,由不得他做主了。他没有拒绝的权利。

手续妥当之后,三名律师各持合同的一部分,准备离开。宋秉志看着他们精致挺拔的背影,仿佛看到了三段遥不可及的光鲜人生。他忽然张口问:"请问,签了这个协议以后,我会怎么样?"

那三个律师停下脚步,彼此交换眼色。

一名精干的短发中年律师迈出一步,向在场的各方都点头致意,然后开口说:"我是中村株式会社的法务总监。根据你刚才签署的合同呢,你个人所有的生理数据和基因信息都归我们公司所有。你作为一个生物体,已经正式成为中村株式会社的财产。公司怎样使用你的基因、细胞、器官都与你本人再无关系。同时,你如果私自对自己的身体做出任何伤害,都算是对中村株式会社私有财产的侵犯。"他说完,又点头致意,然后向另一名留着时髦发型的青年律师做出一个"请"的手势。

青年律师脸上有些不耐烦,他先往喉腔里喷入一种流行的兴奋剂,然后才说:"我代表庄生有限公司。我们索取的是你所有的大脑信息。中村那边只能使用你在物理层面的身体,但是你的大脑产生的记忆、情绪、想象等所有信息,全都属于庄生公司。权益细则跟中村那边差不太多。也就是说呢,小子,你听到这个消息以后,脑子里无论产生了什么想法,仇恨、害怕、疑惑,都是庄生公司的财产。"他说完，吹出一个愉悦的口哨。中村株式会社的律师听到这俏皮的声音，瞥了眼摄像头，微微皱眉。

另一个律师面无表情，看起来城府极深。他的语气腔调也平静到让人有些不舒服："我同时代表了两个公司的权益。你参加的这次'英雄崛起'真人秀节目，是由中村和庄生两个公司共同发起的一项产品宣传活动。分别针对中村株式会社的情人一号产品和庄生公司的可穿戴设备。因此，在这个节目的过程中产生的一切信息，包括但不限于文字、图像、叙事模式、人格特征，等等，全都是两个公司的共有财产。任何形式的进一步拓展使用都需要得到两个公司的协商同意。"

宋秉志有些疑惑："英雄崛起？那是什么？"

那个原本面无表情的律师，脸上浮现出一丝讶异："你不知道？"他盯着宋秉志看了一会儿，随即又释然，只说了一句："那么祝你好运。"

7

这个世界的真相永远被无数的秘密包裹着。只有不断站得更高、变得更强,才能些许地拨开迷雾,窥探究竟。

这是像宋秉志这样蝼蚁一般的弱者永远都领略不到的风景。

但是起码,此时此刻宋秉志知道了一个事实:本以为这个时代一定处在科技的顶峰,现在的都市生活已经达到了智能和便捷的极限。其实,真正的科幻并不存在于小说家的笔触里,而是隐藏在大公司的实验室中。

或者因为产能的暂时限制,或者因为超过时代伦理太多,更多是因为现有的产品还没有被完全消费,总之有太多太多的科技成果被秘密地锁在大公司的档案里,闭不见光。

宋秉志甚至不能够说清楚自己现在是何种存在。

在庄生公司的秘密实验室里,宋秉志被送进了一台奇怪的机器。那个机器呈椭圆形,恰好放得下一具成年人体。宋秉志刚一进入那台仪器,略带荧光的透明液体就在瞬间涌入,将他紧紧包裹住。经过了短暂的慌乱和恐惧,宋秉志发现什么也没有发生。一些或粗或细的管子悄无声息地插入了他的身体——血管、肌肉、肚脐、口耳鼻腔。有的输进氧气,有的送入养分。还来不及生成一个疑惑的念头,随着无数更加细小精巧的机械管道刺破他的头骨,连接上他的大脑,宋秉志很快沉沉地睡了过去。

再次醒来的时候,那所有的仪器、管道、溶液全都消失,取而代之的是更加让人诧异的景观。宋秉志发现自己回到了少年时的那个小城。

楼房、街道、商铺、人群，全都与记忆中那个干燥无趣的故乡毫无二致，但一切又都看起来与真实的过去迥然不同。顺着小城的中心街道走了很久，宋秉志终于明白这些微的差异来自哪里了。

在图像信息时代长大的人群，往往会对真实的物理空间感到失望。因为无论是静止的相片还是动态的影像，在光影雕琢、角度取景、后期修饰等因素的塑造下，炫目的美来得轻易和廉价。在习惯了影像那种夸张的美感之后，再去对照相同的现实空间，反而会因为真实的苍白和瑕疵而觉得无趣、失望。

此时宋秉志所在的这个故乡，正是被赋予了那种影像特有的虚幻之美。他也曾在许多影像作品里面看到过对故乡景致的处理和修饰。但是当这种非真实的夸张美感真正被还原到可视可触的现实空间里时，反而会让身处其中的人感觉惊异和陌生。

此时的宋秉志，面对着的正是这样一个明明分毫未变，却又显得陌生绚丽的故乡。

然后他猛然间惊醒，真正的他的确还留在那个充溢着液体的容器里。此时徜徉故里的他，不过是一个思维、一个想法、一个大脑信息的集合体。庄生公司合法拥有了他的思维，然后将它上传到了这个虚拟的故乡。

自己不过是虚拟网络里的一个信息单元，本质上与一个自行运转的人工智能程序没有什么不同。这个想法让他恐惧和战栗。

宋秉志闭上双眼，一个陌生而遥远的名字毫无征兆地涌上心头。

他再一次想起了父亲教给他的那些无用的知识。

在很久很久以前，在没有那么多新奇的商品可以挑选，在没有那么多虚拟的娱乐可以沉浸的时候，人类无聊到常常问出许多"幼稚"又"可笑"的问题。

宋秉志还记得他第一次读到笛卡儿的时候，心里升腾出来的惊奇。这个奇怪的人问："一个人怎么才能确认自己真的存在呢？是因为看得到世界、触得到身体？可是看见和触摸都不过是人类感官运作的结果而已。如果这感官结果不过是一场欺骗和幻觉呢？那我用什么方法才能确知我真的存在呢？"

笛卡儿自问自答说："我思故我在。"如果视觉、触觉、嗅觉全都不可相信，至少我还明确地知道有一个"我"正在思考着。这个"我"正在思考着"我怎么知道我真的存在"这个问题。这，就是"我"真实存在的明证。

宋秉志最初不过把这当作某一种文字游戏。年幼时的他再也没有别的娱乐了，那么就权且把这种游戏认作有趣吧。

直到此时此刻，宋秉志才隔着时间的长河真正明白了笛卡儿在说什么。这原本无用的知识在他生命被扭曲到极致的时候，救赎了他。

宋秉志对自己说，有一个我正在想着父亲和笛卡儿，这就证明了我还存在着。这样想着，略微心安。

漫步在这带着距离感的故乡小城，宋秉志知道一个为他而设计的游戏即将开始了。他感受到整个世界的背后有一股力量在瞬间收缩，然后，天空中猛地出现几个鲜艳的大字。

是了，就像电脑程序里出现新消息通知时，会在后台收集信息、准备启动。此时的宋秉志已经是系统的一部分。他当然能够感受到这背后的波动。

天空中出现的字是：The Hero Rises

英雄崛起。

但宋秉志的心底猛然间浮现出另外四个字——

人类沉睡。

8

狂欢是一种人造的情绪。为了制造出这种让人迷醉的极致体验，需要庞大的群体，需要煽动的音乐，需要致幻的药物。在这个时代，更重要的是，需要消费。

这个世界已经很久没有迎来这样巨大的盛世狂欢了。

没有人不被这样的故事吸引：一个平凡到甚至懦弱的男孩，在成长为一个沉默畏惧的男人之后，为了曾经爱过的女孩愤然站起，不惜孤身一人与势力强大的商业巨头抗争，也要兑现自己曾经为女孩许下的承诺。

此时，在这个推理性的游戏里，他回到了那个故乡小城。这个小城里的时间和空间都被切碎。虽然看似是一个完整的城市，但是在不同的地点分别上演着曾经发生在不同时间的事件。这些事，有的是宋秉志经历过的，有的是他没有经历过的。他需要冲破许多不同的险阻，才能重新看到或经历那些事件。在这之后，如果他能够从这无数的时间碎片里找到有用的信息，拼凑出完整的线索，弄明白自己的人生为什么会变成今天这样、文素英为什么成为情人一号，那么，英雄就算崛起，他赢得游戏胜利。宋秉志和文素英都可以重获自由。

有些一贯高深的媒体解读说：这是一个少见的、带有哲学深度的视觉性节目。它在向观众传递一个观念——每一个普通的平凡人都有可能成为英雄，只要他能够从最深处认清自我。

宋秉志的形象被包装成各种造型风格，通过遍及全球的各种屏幕，传递到每个人眼底。新闻媒体发酵、沸腾，有的在讨论这样一个跨时代的真人游戏性视觉节目会对媒体的发展产生多么深远的影响；有的去到宋秉志真实的故乡试图发现游戏里的虚拟仿真空间有哪些失真的地方；有的找到了宋秉志曾经的故知旧识，不断挖掘这个英雄不为人知的八卦秘密。

"英雄崛起"成了一个旷日持久、没有尽头的节日。

对于普罗大众来说，这场狂欢给了他们最坚实确凿的理由去进行新一轮的抢购和囤积。那些花去重金从中村、庄生两个公司手中买到授权的产品自不必说，甚至连极尽可能擦边扯上"宋秉志"或者"平民英雄"几个字的商品都赚了个盆满钵满。

当然，受益最大的还是两家发起和推动这次事件的公司。

分别来自中村和庄生的两款商品以不断刷新纪录的疯狂程度持续热卖。

宋秉志和文素英之间坚定而纯洁的爱情感动了无数观众。虽然有小部分爱情守卫者质疑说情人一号的存在是对这段感情的亵渎，但争议和讨论只不过让这款新型性爱娃娃的销量继续攀升罢了。在第一轮的销售热潮略微退去之时，不知哪里冒出传言说，如果宋秉志赢得这场游戏，文素英获救，那么情人一号就将立即停止销售。这甚嚣尘上的小道消息立马又掀起了第二轮的购买热潮。这一次，连购买资格本身都成了一种商品。

而庄生公司的可穿戴设备也成套成套地被普及，各种屏幕硬件的生产商施压抗议也挡不住庞大人潮的汹涌购买欲。"英雄崛起"

的节目内容,可以通过传统的二维、三维屏幕观看,也可以购买先进的智能穿戴设备,通过特定的程序,综合运用视觉、听觉、嗅觉三种感官,实在地进入到那个小城,与英雄一起冒险。从"观看"到"进入",对娱乐产品的消费从此进入一个新的世代。

也有无言的智者不被逆袭的蝼蚁或者惊世的爱情所煽动。但是他们也无法拒绝加入到这旷世的消费狂欢之中来。因为他们隐隐能够看到,在故事与娱乐的幻象背后,有一股变革的势头裹挟着时代,澎湃扑来。

9

宋秉志被迫一遍又一遍地经历那些所有苦痛的过去。

他的身体还在庄生公司的实验室里安然无恙,但他大脑中承受的所有艰险磨难却也都真实不虚。

十岁时,母亲开始在父亲酗酒晚归的夜里偷偷跟宋秉志讲述这个世界的真实样貌。那是他第一次知道,人们口中的"网络"有多么庞大、多么便利、多么新奇。母亲帮助他开启了对物质的想象和渴望。

那一夜父亲反常地提前回家时，母亲正在向他解释什么叫作信用点。窥探到这原本只存在于母子之间的秘密时，一向冷漠的父亲第一次在宋秉志面前变得暴虐狂怒。他狠狠地给了母亲两个耳光，不停地大喊说："我费了那么多力气想要救他，你偏偏就要害他，是不是？！"

父亲蹲在吓得发抖的宋秉志面前，轻言软语地告诉他："也许你现在还不懂，但是爸爸做的这一切都是因为爱你。你要相信爸爸。"

那对于宋秉志来说是一个奇怪的夜晚。他在同一个时刻感受了父亲的爱和恨。

十二岁时，宋秉志在书房的角落发现了一个秘密的箱子。里面装着的是父亲曾经的回忆。东西种类繁杂而矛盾。既有声画捕捉型的记事器，又有原始的手写记事本；既有动态万年相册屏，又有打印出来的已经泛黄的薄照片。宋秉志拿着这东西去找父亲，想要问个精彩的故事。但没想到父亲一看到盒子里的东西就呆立在原地，再不说话。

那时候的宋秉志还不明白，回忆有时拥有远胜于现实的巨大能量。他只是看着父亲时而微笑时而啜泣，最终将那个盒子付之一炬。虽然不清楚缘由，但是宋秉志隐隐觉得那是自己的错，从此以后在父亲面前变得愈加畏惧沉默。

十四岁时，宋秉志想要偷偷去植入身份 ID 芯片，被父亲发现，揍得半死。那架势,似乎真的是宁可让儿子死在自己手中,也不要他拥有一个正常人的身份。

伤痛欲绝的宋秉志暗自决定断绝血缘、离家出走。但发现无处可去之后,敲开了文素英的家门。整个世界上,只有这里让他略微感觉温暖。文家的父母从不多说什么。他们既不安慰,也不说教,只是创造出一个温暖安全的氛围,让两个小孩自由交谈。

文素英只用一句话就让宋秉志破涕为笑。她说:"怕什么呀!我说了要保护你的,就算欺负你的是你亲爸,咱也照揍不误!"

十五岁时,文素英一家要去近郊调研,邀请宋秉志一起。破天荒地,他的父母也一同参加了这张扬又出格的活动。在宋秉志的记忆里,那应该是宋家父母与文家父母的第一次见面。母亲表现出应有的客套与拘谨。可是,父亲却反常地,跟文家有一种奇怪的默契与和谐。那感觉,仿佛他们共享着一个什么了不起的秘密似的。宋秉志解释不清,但是他感觉得到。

那是宋秉志第一次也是最后一次踏入真正意义上的"自然"。他很失望。没有了城市里的各种伪装和雕饰,真实的世界苍白又丑陋。天空是灰蒙蒙的,地上稀疏地长着些许枯草,偶尔蹿出来一只动物,也是满身疮包、眼神凶恶、丑陋至极。

文素英的父亲第一次跟他长谈。文父说:"你能想象吗?曾经的自然不是这样的。曾经天蓝草绿,树能够长到几十米那么高大。

许多动物也不怕人,毛茸茸的小狗看到你就开心,跑来蹭你的鼻子。"

宋秉志的眼睛里透出光来。

文父接着说:"其实我们还回得去。至少现在,还有机会。"

"那为什么不回去呢?"宋秉志天真又激动地问。

文父笑了笑,没有回答,只是看着远方。

十六岁时,这个世界上唯一让宋秉志感觉温暖安全的地方破碎了。文家父母忽然人间蒸发。连同着消失无踪的,还有他们厚厚的研究报告。

开朗和明媚第一次完完全全地从文素英的身体里被抽空。警察、媒体、各种机构全都无功而返。文素英整整半个月没有说过一句话,而宋秉志发现自己连安慰她的能力都没有。那是第一次,宋秉志清醒地认识到,自己曾经对文素英说会保护她,不过是个永远不可能兑现的空头承诺。

他不是不愿意。他是单纯地,只是无能。

之后文素英开始跟鱼龙混杂的各路人马来往。她开始跟随时髦画上奇怪的妆容,她开始迷恋各种麻醉药品,她开始搭上地痞流氓的飞车在深夜玩城际穿梭。

宋秉志虽然心疼,但还是无能为力。他不敢靠近她,但也不愿远离她。于是永远都只是那样隔着一段距离,静静地看着她。

十七岁时,文素英忽然洗掉了所有妆容,面色憔悴地出现在宋秉志面前。她努力挤出一个童年时那样戏谑又明媚的笑容。她问宋秉志："你愿意跟我一起走吗？天涯海角，哪里都行。这个世界是不会好了。我们的家也都不过是想起来就让人伤心绝望的地方。不如我们一起离开，找一个没人认识的地方，让人生重新开始？"

看着文素英的脸，那是第一次，也是唯一的一次，宋秉志有了努力挣脱掉命运束缚的勇气。他点点头，说："好，那我们走。"

宋秉志决定去接受身份 ID 芯片的植入。这是他踏上正常人生的最后机会。身份 ID 芯片的植入是公民福利，由政府埋单，但只针对十八岁以下的未成年人。

父亲不知道如何发现了宋秉志的行踪。在宋秉志已经开始接受犯罪记录、生命历史的检查，准备植入芯片的时候，父亲找到了他。

父亲当着所有人的面，在宋秉志面前长跪不起。他狠狠地磕着头，声音里透出了一个父亲极尽可能的哀愁和绝望，他满脸泪水地求自己的儿子："算是爸爸求你，永远不要植入身份 ID 芯片。你想要做什么都可以，你打我、你骂我，你把我的心肝肾挖走去卖，都好，只要别做植入。"

虽然艰难、虽然挣扎，但是懦弱和顺从再一次俘获了宋秉志。他点点头，说："好，那我答应你。你起来吧。"

宋秉志没有再见到文素英，也没有再回家。虽然在成长的十几年里他从来不觉得自己有家，但是这一次，他终于切实地成了一个无家可归的流民。

十八岁时,宋秉志再一次看到父亲的脸,是在他的葬礼上。宋秉志成年之后,没有多久,父亲就结束了自己的生命。仿佛他这么多年来活着就只为了牢牢看住宋秉志,确保他不接受芯片植入,在此之后就完全生无可恋了。

父亲将生锈的铁钉一个接着一个地砸进自己的左手手臂。芯片被钉得稀巴烂。同时被戳碎的还有他的左手动脉。

宋秉志似乎都忘记了伤心是什么情绪,他的生命里只留下了沉默和畏缩。他只是站在一个阴暗的角落,低着头,偶尔抬眼瞥一下父亲的遗像,不说话、不愤怒、不流泪。

跟随母亲回家之后没有多久,他就被带去黑市,找到老千,接受了伪造芯片的植入。严格来讲,芯片是不可能被伪造的。因为实体的那块芯片虽然可以造假,但是庞大的世界网络之中,怎么也无法天衣无缝地插进去一段不存在的人生历史。宋秉志植入的芯片,来自一个意外去世、没有向政府申报死亡的年轻人。

正是因为这样的芯片十分稀少,所以老千怎么也不肯帮助非亲非故、无钱无势的宋家母子。宋秉志不知道母亲最终靠着什么说服了老千,但他知道母亲一定为了这块小小的芯片付出了惨烈的代价。因为在植入手术之后,他就再也没有见到过母亲。

失去母亲的宋秉志还是像父亲去世时一样,不说话、不愤怒、不流泪。

他愿意违背对父亲许下的诺言,接受芯片的植入,并不是因为他重新获得了生活的勇气,而是因为他已经彻底放弃。

怎么样都好。

活着、死去,富贵、贫穷,一点也不重要。

……

所有正面的、侧面的、经历过的、没经历过的生命碎片都被当作推理游戏或隐私桥段来消费。在那些边边角角的人生故事都已经被观众看到有些腻烦的时候,宋秉志终于有了些别的动作。

他要求改变游戏规则。

宋秉志说,他已经找到了一切的真相。他不想在游戏的这个世界里拼凑出某个场面,然后把一切揭开,展示在所有观众面前。

他想要通过直播,亲口把一切说出来。

"我知道你们一直以来都在看着我。虽然我看不到你们,但是我知道你们都在我身边,参与着我的所有行动。在我的生命里,从来没有得到过这么多的支持和关注,我谢谢你们。所以,我想要把我找到的真相亲口说给你们听,就像朋友对朋友那样。事实上,我也必须这么做。因为能够被拼凑出来的画面、场景,都依靠事先的设计和制作。但真相永远都是复杂暧昧、无法被预知的。我要说的真相,是无法在这个虚拟的城市里被展示的。"

宋秉志说出这番话之后,原本二十四小时实况直播的节目有了短暂的中断。但是,在强烈的抗议声浪中,网络立马重新连接。宋秉志的要求得到了许可。

"明天晚上黄金时间,节目的终点。"狂欢的高潮即将如约到来。

依旧生活在那个虚拟小城中的宋秉志似乎终于舒了口气。他躺在记忆中的那个小床上,闭上眼,努力把这么多年的岁月一齐从脑海中清扫出去。

10

中村见信的灵魂已经老了。即使他依然有一颗少年般火热拼搏的心,即使前沿科技让他的皮肤、肌肉保持紧实饱满,但他的眼睛出卖了他:这具身体里住着一个老灵魂。

他继承了日本人"一生悬命"的精神,在这个他一手创办的公司已经如日中天的时候,他依然按时按点出现在公司,每天保持着满溢的工作量。可是,总部建筑最顶端的这间屋子,他倒是很久没来过了。

那是这栋建筑的大脑。屋子布置简约低调,没有繁杂的线条和丰富的色块，但是却惊人地包容住了清风和泉水。屋子的一角，一棵樱花树静静地呼吸着。

大脑的工作是思考。而这间屋子是用来给中村株式会社的高层们沉思冥想的地方。

整个中村株式会社的总部都不跟外界的网络连通。有专人在另外的地点处理对外联络的事宜。但是今天，破例地，整栋建筑通了网络，甚至连这间如此重要的头脑之屋也是。因为今天是特别的日子。这不仅是某个狂欢的结束，也意味着另一场战役的打响。中村见信需要在自己的主场见证这一切。

更多地，他在期待一位老朋友的造访。

影像投影在雪白的墙面上。宋秉志开始说话。

"在我讲完所有的真相之后，我会选择结束自己的生命。虽然两个大公司分别合法拥有了我的思维和身体，但是我想我的灵魂还属于自己。我选择结束自己的生命，是因为我终于意识到了一件事：这个世界上真的存在不可抗拒的命运。只是，这命运并不来自天意或神明。我们这样普通人的命运，被大资本、大公司所操纵。"

中村见信的嘴角微微翘起。

另一面雪白的墙壁被点亮。一个发根有些泛白的中年高加索男人出现。那图像并不像是一般的通话投影。这个中年男人仿佛是活在那块影像里一般自由行动着。

"这么多年，咱们终于又见面了。"中年男人开口说，声音从另一处传出来。

"凯恩斯，你果然这么做了。在你刚刚消失的时候，我就开始怀疑你做了这件事。"

凯恩斯作为庄生有限公司的创始人，是科技行业的精神领袖。他是一面旗帜，也是一个偶像。无数的人仅仅因为他的名字就愿意购买庄生公司的所有产品。但是在十年前，他却忽然在公众的视野里消失，再也没有出现过。关于他的行踪的无数传言每年都会变换版本出现，但庄生公司从不回应。

"果然你够了解我。"凯恩斯笑眯眯的，还是当时的偶像做派。

"把自己的思维和灵魂数字化，上传到巨大的网络空间里，既是献身，也是永生。从此以后，你就可以永远待在你热爱的那个虚拟世界里，成为'上帝'了。"中村见信平静地说。他瞥了眼另外一张屏幕上的宋秉志，又开口："不过，利用势力把一个普通人也逼到那个虚拟世界里，可不是什么光彩的事情啊。"

"不用把自己撇得那么干净，至少在我们俩之间你不用。事实上，如果不是你最初把我的伟大宏愿丑化成什么'人类沉睡计划'泄露给媒体，这一切也根本不会发生。"凯恩斯透过虚拟的屏幕瞪着中村见信。

中村依旧平静："不是丑化，是如实描述。你想要让整个人类社会都数字化、虚拟化。那不也就等于让他们在真实的世界里永远沉睡了么？"

"你还是在用你日本人的死脑筋看问题。现实的资源和物质总有消耗殆尽的一天，在另一种社会形态里永远幸福生活又有什么不好？"

中村叹了口气："神明，不会跟你一起数字化。神明，不会在那里啊。"

宋秉志的演讲持续着："如你们看到的，我的人生历史背后，一个巨大的无形力量从来都没有缺席过。我的父亲，曾经是政府机关里研发身份ID芯片的一个技术人员。他曾经深信科技的进步会让整个世界越来越好，但是随着对这个芯片项目的深入了解，他发现了一个巨大的阴谋。根本不存在什么网络威胁。身份ID芯片存在的意义，只是为了精确搜集每一个人在网络中的每一个动向。从此，人好像变成了商品，被贴上了条码。你的每一个动作都被秘密搜集。从此，人像是流水线上的产品一样，被监控、被分析、被引导、被设计、被塑造。我那个绝望而恐惧的父亲毅然离开了政府机构。辗转徘徊之后，他加入了地下反抗军组织。他想要为推翻这种隐形的暴政作一点贡献。但是，这样的时代，哪里还有善良生长的土壤呢？在进入反抗军内部，深入工作之后，父亲发现其实整个组织都在秘密接受商业公司的资助，为它们效力。心如死灰的父亲离开了繁华的都市，搬去一个小城，在那里娶妻生子。他没有再做任何反抗，他知道那都是无谓的。他只是坚定地拒绝为自己的儿子植入身份 ID 芯片。"

"他能够搞明白这么多事情，一定有你的功劳吧？"中村淡淡地说。

"继续看下去你就明白了。"凯恩斯仿佛在期待着什么。

"而文素英，我的文素英，"宋秉志顿了顿，深吸一口气，"她父母的研究项目是受到中村株式会社资助的。中村的确对人与自然之间的关系感兴趣，希望维持两者的和谐共存。但当他们的研究结果严重触犯到中村的商业利益之后，一切就都不一样了。中村只是想要知道，怎样的现实产品最能够吸引人类的注意、创造最大的利益。他们并不真的希望人们离开城市回归自然。而文家夫妇不顾中村的反对，执意要将那个可能震惊世人的研究报告公之于众。于是，他们被中村动用暴力从地球上永远地抹去了。呵，也许并不是永远抹去，也许他们的细胞曾经出现在你们的餐桌上、零食里。而在他们搬去这个小城不到三年的时候，我的父亲和他们就已经知晓了彼此的身份，秘密保护着彼此。他们的死对我父亲的打击很大。一方面让他更加坚定地拒绝让我植入芯片，另一方面也为他的自杀埋下了伏笔。"

中村的脸上看不到什么情绪波动。

"那些热爱着这个平民英雄的人，得知这个真相的时候，一定恨死你了吧？"凯恩斯显然很遗憾没有看到中村见信暴跳如雷。

"你告诉他的？"

"你已经说过，我在网络世界就是'上帝'。事实上，在那个世界里现在只有我跟他两个人，我们之间的很多交流，是你们根本不可能察觉到的。这是我给你的回礼，答谢你送给我的'人类沉睡计划'这个漂亮的名字。"

"是吗。"中村还是淡淡地说，听不出来是疑问句还是感叹句。

"沉溺颓废过的文素英曾经想过放弃一切，沉下心去过平凡的生活，就像我父亲曾经的选择一样。但是，我让她失望了。已经放弃希望的文素英铤而走险成了一个双重间谍。她进入庄生公司工作。表面上，她会为了钱窃取庄生公司的商业机密卖给中村株式会社；但实际上，被透露的信息都是经过精心设计的，她在帮助庄生公司打垮中村株式会社。可是随着她愈加深入地涉足其中，她发现了一个让她震惊的秘密。在大众的印象里，中村和庄生是两个理念和产品都完全不同的公司。两个公司长年对立，似乎势不两立。但实际上，在商业利益的立场上，两个公司是紧紧团结、牢牢捆绑的。推动身份 ID 芯片植入立法的，正是在网络世界一手遮天的庄生公司。而秘密分析出文家夫妇要将不利于商业公司的研究报告公之于众的，也是庄生公司。他们虽然不能真的监控人类的思想，但是通过芯片搜集到的信息,总也能分析个八九不离十。所以,虽然杀死文家夫妇的直接凶手是中村,但起因却是凯恩斯。这个真相让文素英彻底迷失了。"

"他在说些什么!他怎么可能会知道这些!"凯恩斯控制不住脾气,开始暴怒了。如果不是屏幕外框限制住了他,他一定已经跟中村见信打起来了。

中村悠悠然泡了杯茶,茶汤清澈明亮。他抿了口茶,这才开口:"你觉得为什么在明知道你早已无形地化身于网络之中时,我还会这么安心地给整个公司连通网络?如果不是早有防备,我又怎么会轻易把我的总部完全暴露给你?你有你的法子跟宋秉志讲悄悄话,我也有我的。这些,都要多谢文素英的帮助。"

"那个婊子……"凯恩斯咬牙切齿。

中村一个手势阻止了他的话头。宋秉志又开口了,中村想让凯恩斯静心聆听。好戏刚刚开始。

"中村见信用一个秘密说服了文素英。过去的已经过去,但未来的还没发生。与其纠结于过去,不如想想怎么改善未来。中村见信告诉文素英的秘密,是庄生公司的'人类沉睡计划'。是的,我可以确凿地告诉你们,'人类沉睡计划'不是谣传,是事实。现在你们所有人站在我身边,看着我、感受我,你们用到的那些连接感官的智能设备只是第一步。慢慢地,庄生公司会推出覆盖人类所有感官的智能设备，把人类的所有感觉都智能化、数字化。再然后他们的势力会从你们的感官延伸到你们的思维、你们的灵魂。就像他们现在对我做的事情一样。现在，我不过是存在于网络信号里的一个复杂的信息单元，通过解析和还原，重新变成声音与画面传递给你们。可是，当所有人都被上传到网络世界、成为数字化的存在，这种解析和还原就不需要了。人类可以迁移到虚拟的网络世界里生存。这就是庄生公司的计划。为了对抗庄生公司的'人类沉睡计划'，中村株式会社推出了'偶人计划'。由文素英签订合约，贡献出自己的基因信息，供中村株式会社制作情人一号。这一方面是用更为新奇的现实商品刺激大众的购买欲望，让人类留恋于现实世界。另一方面，更重要的，是为了引出我。为了让我能够在今天，以这种方式对你们说出所有真相。我的家庭和过去，是被这两个公司和他们的秘密紧紧缠绕住的。只有通过我，只有通过我的故事和我的嘴巴，才能够让你们真正地看到这一切、相信这一切。"

中村的脸上浮现出了笑容。

凯恩斯已经怒极、恨极、咬牙切齿了："好！好！你很棒，你真棒！竟然计算得这么长远，在我的地盘上算计了我！亏你当初还装得那么像真的。我们公司找你们合议'英雄崛起'的推广计划，你们还犹豫再三才终于答应。这些，都是你算计的一部分吧！"

中村淡淡地笑着："其实，别人又哪能算计得了你呢？害了自己的，始终都只能是自己。大众所看到、听到的，还不都是你给他们的？声画信息要怎么还原都是你的事情。如果你不是那么急着算计我，不做什么实时直播，一切不就都在你的掌控里？"

凯恩斯盯着中村看了很久，忽地笑了："你啊，你这个老狐狸。什么都骗不过你。是的，我没有做实时直播，一切都是有延时的。只有你这里，我给了你欣赏真相的特权。我早就提前调整了信息输出。可爱的观众们看到的，还是咱们设计好的那个结局——煽情、完美、抚慰人心。"

另一块屏幕上的宋秉志继续说话："而我的母亲，她为了给我一个正常人的身份，牺牲掉她自己。一切其实很简单，老千也是生意人。这不过是以一换一的事情。老千给我一个身份，让我有正常生活的可能。然后，母亲，牺牲掉了她的。这伟大的母爱也不过包容我多过了十年窝囊懦弱的生活罢了。现在，我也即将离开。说是选择，其实不过是不可抗拒的命运罢了。他们不会容许一个这样的我再存在于这个世界上。你们看，多么悲哀，文家三口、宋家三口。所有那些奋力抵抗过的人都被完完全全地抹去。生命、名字、存在的痕迹，全都消失了。可是，那些根基扎实的商业公司却也没有因此动摇分毫。你们呢？知道了真相的你们呢？你们会怎么选择？"

宋秉志继续说着一些没有人会听到的话。

中村见信站起身，一边走一边对凯恩斯说："好吧，戏剧虽然结束了,生活还是要继续。咱们始终是生意人。不管怎么闹,不管怎么斗,利益还是第一位的。从这个角度来看,这次合作是一次双赢。"

凯恩斯的身影在不同的屏幕之间穿梭着,跟随着中村见信来到了建筑底层的公司博物馆。

此时此刻,博物馆的正中央,情人一号的身旁,多了另一个玻璃柜。透明的玻璃柜里面,立着一个赤裸的男性身体。他的皮肤、毛孔都与真人毫无二致。只是,他微笑着的那张脸上,双眼是死的。

中村见信像欣赏艺术品一般地看着这一对身体。他说:"来看看我们公司的新产品,情人二号。你的话,有一句我十分赞同。在这个时代,吃的、穿的、用的都已经那么丰富,还有什么能够吸引人掏钱消费呢?无非就是标签,就是故事。这个世界上没有比爱情故事更好卖的商品了。"

两人隔着一块薄薄的屏幕,相视一笑。